L'ANNEAU DE SABLE

DU MÊME AUTEUR

Mémoire d'anges, poésie, (Prix Louise Labé 1982), Éditions de la Baconnière, Boudry-Neuchâtel, 1981.

Gestes du veilleur, poésie, (Distinction de la Fondation Schiller Suisse 1985), Éditions L'Age d'Homme, Lausanne, 1984.

Le Pré, poésie, Éditions L'Age d'Homme, Lausanne, 1986.

Il Prato/Le Pré, (édition bilingue français-italien), Edizioni Eva, I-Venatro, 1996, réimpression 1999, traduction et préface de Gerardo Vacana.

Les Indiennes, tentative de restitution d'un tableau romantique, poésie, Éditions Eliane Vernay, Genève, 1988.

Les Indiennes / Pânze Indiene (édition bilingue français-roumain), Éditions Napoca Star, Cluj, 2001, traduction de Martha Izsák.

Le Repos d'Ariane, poésie, Éditions Eliane Vernay, Genève, 1990.

Le Jour avant, récit, Éditions L'Age d'Homme, Lausanne, 1995.

Le Voyage de l'Ange, roman, Éditions L'Age d'Homme, Lausanne, 1999.

FRANÇOIS BERGER

L'ANNEAU DE SABLE

Roman

L'AGE D'HOMME

Collection *Contemporains*
dirigée par Claude Frochaux

*Publié avec l'aide du Service des Affaires culturelles
du canton de Neuchâtel*

Pour Cécilia et Daniel

Pour Luc W.

Et tout homme pourtant tue la chose qu'il aime,
Que tous entendent bien cela,
Il en est qui le font d'un simple regard aigre,
D'autres d'un mot de flatterie,
Le lâche, pour le faire, utilise un baiser,
Et le courageux une épée.

Oscar Wilde, *Ballade de la geôle de Reading*

Toute la morale n'a d'autre but que de transformer cette vie en une somme d'occasions perdues.

Cioran

Aujourd'hui papa est mort. A midi le portable de Nadia a sonné. Elle a pensé à sa sœur Malika. Elles se voient souvent. Mais c'était maman. Nadia n'a pas retenu ses larmes. Ses petites glandes étaient joyeuses. Elles lui ont apporté leurs petits cadeaux transparents.

Papa est mort. Ces mots ont fait du bruit dans sa tête. Trop de mots font mal. On ne devrait connaître que ceux qui font du bien. Il ne posera plus jamais ses lèvres sur son front, ses joues. La veille, il avait dit à maman se sentir fatigué. Mais il se réjouissait : dans deux mois, la retraite, nous ferons des voyages.

Notre vie ne tient qu'à un fil mais il y a des fils plus résistants que d'autres.

Quand maman versait le café dans le bol, elle a entendu un cri venant de la salle de bains. Elle a laissé la cafetière brûlante sur la nappe en plastique qui a fondu. Elle s'est précipitée vers papa. Il gémissait, la bouche ouverte. Elle ne comprenait rien. Elle a couru téléphoner. Il vivait encore. Elle l'a serré contre elle. Deux hommes de la police sont arrivés. Habillés en bleu comme des mécaniciens. C'est fini, a dit l'un. Il connaissait papa. Il se souvenait de sa photographie dans le journal. Le roi lui avait remis une médaille.

Le médecin est venu constater le décès et ils sont partis.

Ce n'était pas le médecin de famille, mais un du quartier. Il est resté un moment avec maman. Il l'a aidée à mettre papa dans son lit, à le laver, à l'habiller. Il s'est dit qu'il deviendrait peut-être le nouveau médecin de famille. Ils lui ont passé sa chemise en soie rose et son uniforme de trompette. Ensuite il s'en est allé. Maman a saisi le bol de papa. Le café était froid, le bol entre ses mains comme si papa le portait. Elle a bu près de lui. Elle l'a regardé. Il était beau.

Ils faisaient l'amour chaque jour, et chaque matin elle lui préparait des tartines au miel. Il mangeait et buvait lentement. Il n'allait au travail que pour neuf heures. Mais il aimait se lever très tôt. Nadia et ses sœurs dormaient encore. Il ne faisait aucun bruit. Parfois elle entendait les pas de maman dans la cuisine ou le sifflement de la cafetière. Au petit déjeuner, il lisait le journal. Ce n'est pas bon de lire et de manger en même temps, lui disait-elle. Il levait la tête, la regardait, puis continuait comme avant. Elle retournait à la cuisine. Elle était toujours occupée.

Quand les filles se réveillaient, il était encore à table. Il les attendait pour les embrasser puis partait.

Nadia se souvient de la fenêtre du salon. De là, elle voyait une partie du port de Tanger, les grands bateaux pour l'Europe et l'Amérique, les marchandises, les marins. Lorsque la mer était calme, il arrivait à papa d'aller pêcher ou se baigner. Ensuite il allait travailler. Il aimait aussi les hautes montagnes du pays. On peut y skier. Nadia et ses sœurs l'avaient quelquefois accompagné. Ils dormaient sous tente. Il faisait froid. Maman, restée seule à la maison avait dit : Achour, ce sont tes filles, c'est dangereux!

Cependant, ils partaient. Avec des provisions pour une semaine alors qu'ils étaient loin deux jours. Rien ne pouvait arriver. Rien n'est jamais arrivé.

Elles étaient adolescentes mais maman les voyait encore petites. C'est comme ça les mamans. Nadia aussi voit son fils Anouar plus petit qu'il n'est. La filiation est peut-être la dernière forme de tyrannie.

Maman dit toujours papa en parlant de lui. Ils étaient mariés depuis longtemps et n'ont été séparés qu'un jour, lors d'une inspection militaire. Il était chef du bureau des douanes du port de Tanger. Bientôt il n'y aura plus de douaniers, plus de frontières, plus de familles. Seulement de petits îlots séparés les uns des autres. On se perdra de vue. Ce sera la fin de l'amour et la fin de l'amour ce sera la fin du monde, lui a dit maman au téléphone.

Papa avait dix ans de plus mais était plus beau, ses yeux tout noirs, ses belles dents.

Nadia a toujours recherché un homme comme papa. Omar lui ressemblait mais avait de moins belles dents. En le regardant lui parler, lui sourire, elle l'aimait avec ce défaut dans sa tête amoureuse.

Au début, papa lui avait dit que c'était bien d'avoir épousé quelqu'un de chez eux. Ensuite il n'en avait plus parlé. Il ne voulait pas que maman s'occupe de leurs problèmes dès qu'il a appris que ça n'allait plus entre eux. Il pensait : ils habitent trop loin d'ici, ce ne sont plus des enfants, et puis Nadia a sa sœur Malika qui vit aussi en Suisse. Elle n'est pas seule.

Papa est mort et elle sent beaucoup d'amour qui s'avance vers elle, pas vraiment des visages, de la tendresse aussi. On est tous aimés, même si on ne le sait pas.

Elle ne croit plus que c'est juste avant sa mort qu'on revoit toute sa vie. C'est après celle de papa que la sienne est passée dans sa tête.

L'été à Tanger, elle buvait du thé à la menthe fraîche. Elles étaient sur le grand canapé du salon, celui recouvert d'un tissu genre léopard. Les volets étaient à moitié fermés. Les yeux de ses sœurs étaient des étoiles. Papa et maman parlaient doucement. Mais de quoi ? Elles étaient encore toutes petites. Un vent chaud et fort soufflait sur la ville. Il semblait de couleur jaune. Faisait-il vraiment du bruit ? Les nuages étaient rouges au coucher du grand soleil. Le sel arrivait jusqu'à ses narines le matin dans sa chambre. Ils étaient parfois menacés d'une panne, l'eau coupée quelques heures. Durant l'hiver, les rues inondées, les façades plus blanches, comme refaites, tant d'eau contre elles.

Dans le détroit de Gibraltar, la violence des courants fait même tomber des maisons dans la mer. C'est une mer qui est déjà l'océan. Les sirènes au pouvoir maléfique sortent de l'eau et viennent s'étendre sur les rochers verts, racontait papa. Malika avait peur. Elle se cachait sous la table du salon comme un petit chat.

Les paquebots que Nadia regardait partir sont revenus et repartis mille et mille fois depuis.

Papa a eu des aventures. Elle l'avait vu avec une femme dans un café de Tanger où il allait souvent. Il avait mis ses mains dans les siennes. Des mains couleur de perle. Elle portait un foulard blanc. Il était rentré très tard, le foulard autour du cou. Il sentait le parfum. Maman dormait déjà. A la maison, il avait croisé Nadia, le visage joyeux de celui qui était amoureux. Elle avait fait comme si de rien n'était : bonne nuit papa, dors bien. Le lendemain, elle avait brûlé le foulard oublié sur une chaise. Elle n'en a jamais parlé à maman qui savait et qui fermait les yeux.

On ne pense pas toujours à sa souffrance même quand on est au cœur d'une souffrance. Avec les années elle ressemble aux habits de deuil qui s'usent avec le temps, devenant pleins de trous.

Maman a oublié tant de choses. On oublie tant de choses.

Nadia a trente ans. Elle est jolie mais n'aime pas son nez. Elle le trouve un peu gros.

Adolescentes, elle et ses sœurs allaient dans la cour de la maison prendre chacune une pince à linge et la gardaient de longues minutes sur le nez. Ça leur faisait un peu mal. Elles se disaient qu'après elles seraient les plus jolies filles de Tanger.

Très jeune, on ne sent la beauté que dans l'harmonie, ne sachant pas encore qu'elle existe aussi en dehors d'elle.

Nadia était amoureuse de Karim, son premier amour. Il ressemblait à papa jeune.

C'était le fils du vendeur de motocycles, un garçon

aux yeux bleus, un Kabyle. Il avait une belle moto et elle rêvait de faire un tour avec lui. Elle avait seize ans et lui plus de vingt. Elle était triste parce qu'il la regardait à peine du haut de sa belle moto dont les chromes brillaient comme un soleil. Il prenait un malin plaisir à mettre les gaz à fond en passant devant elle. Un jour il s'était arrêté. Elle avait eu très mal, beaucoup de sang sur la couverture posée dans le garage du jeune homme.

On n'épouse jamais son premier amour, avait dit maman.

Et elle avait surpris ses trois filles avec leur pincette sur le nez.

Mes chéries, êtes-vous devenues folles, vous allez étouffer, enlevez-moi ça immédiatement !

Elle était allée chercher de l'aide auprès de papa qui venait de rentrer du travail.

Ce sont tes filles, occupe-t'en, il ne leur arrivera rien, et arrête d'avoir peur de tout, mais pourquoi ont-elles fait ça ?

Elles avaient quitté précipitamment la cour pour aller se cacher derrière la maison, après avoir retiré les pincettes. Maman les cherchait un tape-tapis à la main. Le soir papa avait ri. Et maman s'était écriée :

Mes filles, vous n'avez pas besoin de ça, vous êtes les plus jolies filles de Tanger.

Papa s'était levé.

Évidemment, avec un père aussi beau que moi !

Maman était la reine à la maison où il n'y a jamais eu de roi. Elle n'envie pas les femmes modernes : elles ont moins de pouvoir puisqu'elles doivent le partager.

Papa a toujours voulu qu'elle poursuive ses études.

Une fille intelligente comme toi!

Tu n'es pas plus bête qu'une autre, mais tu fais encore pipi au lit! avait lancé sa tante qui ne l'aimait pas, celle qui passait ses vacances chez eux.

Elle n'a jamais su pourquoi elle ne l'aimait pas.

Nadia a été une bonne élève, la meilleure de sa classe en orthographe et en grammaire, mais mauvaise en rédaction. Elle a étudié jusqu'au bachot, ses sœurs aussi, puis a travaillé comme correspondancière dans une entreprise d'import-export, à Tanger, chez un ami de papa. Un jour, il lui a fait changer de bureau. Elle avait refusé ses avances. Elle était seule dans une minuscule pièce, fenêtre borgne. Une prison. Elle s'y ennuyait à mourir. Au bout de trois mois, elle est partie.

Je veux vivre avant de me marier.

Maman avait levé les bras au ciel.

Qu'est-ce qu'elles ont toutes aujourd'hui!

Elle souhaitait un mari, des enfants, une famille. Elle savait que ce ne serait plus comme du temps de papa et maman. Elle avait un peu plus de vingt ans. Elle adorait maquiller ses sœurs pour aller danser. Sa tante habitait Paris. Elle se disait : si je l'aime assez, elle finira par m'aimer.

Elle y alla et suivit une école d'esthéticienne.

Nadia n'a pas aimé Paris, ses immeubles gris, tristes et hauts qui cachent le ciel. Le vent qui y souffle est sale. Trop de pigeons et de crottes de chiens partout. S'il n'y avait pas la Seine, elle ne serait pas restée. Les gens cependant étaient gentils avec elle parce qu'elle est jolie. De sa chambre, elle entendait le roucoulement des pigeons dans la cour intérieure, parfois un battement d'ailes comme si la voisine du dessous venait d'en chasser un surpris sur un fil où séchait son linge.

Elle allait sur le petit balcon regarder les étoiles. Avec tant d'étoiles, pourquoi la Terre n'est-elle pas illuminée ? se demandait-elle.

Sa tante lui disait parfois : tu ne vas jamais dans les musées, ni aux concerts, tu ne lis que des revues de mode et des romans à l'eau de rose !

Elle répondait : la culture, à quoi ça sert ? Ce n'est pas parce que l'on connaît que l'on aime.

C'est au Jardin du Luxembourg qu'elle a rencontré Omar, un Marocain. Devant un grand bassin où les enfants jouaient avec des bateaux à voile. Elle a toujours recherché des endroits avec de l'eau. Il faisait un stage pour une entreprise d'informatique. Il habitait à Berne. C'était un dimanche, il s'ennuyait autant qu'elle.

On s'ennuie à Paris le dimanche par beau temps. On se traîne, il fait vite chaud, on transpire, l'air sent mauvais, on attend la fin du jour en observant d'une terrasse les passants. S'il pleuvait, elle restait à la maison et regardait la télé.

Il l'avait invitée chez lui. Elle était heureuse de se retrouver dans les bras d'un homme. Depuis longtemps elle n'avait plus fait l'amour. Lui aussi. Elle a senti avec bonheur de petites perles chaudes couler au fond de son ventre et c'était un collier.

Elle s'est trouvée enceinte peu après. Il était déjà rentré. Elle lui a téléphoné. Il était marié depuis cinq ans avec une Suissesse. Il n'avait pas d'enfant. Il aimait Nadia. Elle pensait à son tout petit. Alors il a divorcé. Puis elle est partie le rejoindre. Sa tante était triste.

A Berne, elle faisait pipi au lit mais ne voulait pas voir de psy.

Omar avait installé dans leur lit une petite sonnerie qui la réveillait dès qu'elle urinait.

Elle trouvait tristes ces maisons vertes comme des sapins. Elle n'avait pas remarqué que ce vert n'est point triste. Il change selon la lumière du jour, la saison. Il est parfois très clair, parfois plus foncé, toujours tendre.

Elle se promenait le long des ruelles étroites aux arcades qui n'en finissent pas et parfois se disait : cette ville est infinie. Elle avait peur de s'y perdre.

Après la naissance de leur fils Anouar, ça a commencé à ne plus aller entre eux. Elle était très maternelle. Elle n'en avait que pour son bébé. Elle se relevait la nuit pour voir s'il dormait bien. Ça agaçait Omar qui s'était mis à son compte. Il travaillait dans l'informatique. Il était paresseux. Il se levait tard. Il vendait peu d'appareils, les installait parfois, donnait quelques cours à des débutants. Il faisait des dettes.

Après quelques mois, elle a voulu partir avec son enfant et il s'est écrié :

Retourne dans ta famille, tu ne seras jamais adulte, tu n'arriveras jamais à te débrouiller seule dans la vie.

Et ils se sont séparés.

Un jour on aime, et le lendemain c'est comme si l'on n'avait jamais aimé. Tous les sentiments sont fragiles.

Anouar avait deux ans. Omar est retourné chez son ex qui l'a toujours aimé. Lors de l'unique audience devant le juge, Omar a déclaré :

Ma femme, elle fait pipi au lit.

Que m'importe, si vous voulez divorcer, votre volonté me suffit.

Elle avait voulu mettre dans la convention de divorce que s'il lui arrivait quelque chose, le droit de garde sur le petit devait être attribué à sa sœur aînée Fatima.

Si tu meurs, c'est moi qui l'élèverai, et mettre ça dans une convention, ça porte malheur !

Et ils n'en ont plus parlé.

Il a toujours été superstitieux, a dit Nadia au juge ; il a été chez une voyante avant notre mariage et elle lui a prédit un mariage pour la vie, beaucoup d'amour et beaucoup d'argent.

Tout le monde a le droit de se tromper ! s'est exclamé le magistrat.

Et le divorce a été prononcé.

Elle était toujours amoureuse d'Omar. Elle sentait ce creux dans son cœur où demeure tout sentiment d'amour, comme une pierre précieuse dans un petit coffret. C'était un bijou qui lui faisait mal. Il y a des objets précieux dont on aimerait se débarrasser mais qui sont invendables.

Et elle est partie vivre à Lausanne où habitait Malika qui venait de se marier avec un Suisse.

Elle reçoit une petite pension pour Anouar, y ayant renoncé pour elle.

L'enterrement de papa, c'est demain après-midi.

Nadia n'a pas l'argent pour y aller.

Elle vient d'ouvrir un petit institut de beauté à Lausanne. Leonardo, un coiffeur italien, lui sous-loue une pièce de son salon. Il a un très beau salon. Tout son mobilier est de style baroque piémontais. C'est lui qui l'a dit parce qu'elle, les styles, elle est incapable de les reconnaître. Mais elle s'en fiche royalement.

Ses dernières économies, elle les a utilisées pour faire imprimer de belles cartes publicitaires. Nadia Beauté, en lettres blanches sur un fond bleu ciel avec de petits nuages. C'est simple, c'est à la mode. Il faut suivre la mode ou crever, lui a dit le jeune publicitaire. On l'appelle Jeannot. Il lui a fait un prix. Il l'aime bien. La semaine passée, il l'a invitée boire un café sur une terrasse de la place Saint-François. Il faut profiter des derniers jours de l'été. C'était beau ces feuilles brunes dans les arbres.

Ce matin elles étaient presque jaunes. Elle s'est dit : tiens déjà. Tout à coup les choses semblent aller plus vite. On ne sait pas pourquoi. Cependant on s'habitue. Elle doit s'habituer à la mort de papa. Elle s'est demandé ce qu'il aurait pensé de Jeannot. Il n'est pas mal. Un peu jeune. Elle ne l'aime pas. Peut-être parce qu'elle ne le trouve pas assez beau.

Au téléphone, maman a répété à Nadia :

Papa, c'était le plus beau jeune homme de Tanger.

Sinon tu ne l'aurais pas épousé ?

Elle a simplement répondu :

Je t'aime, je t'embrasse.

Par moments, elles se le disaient toutes deux en même temps. Elle ne savait plus si c'était à maman qu'elle parlait ou à elle-même. En aimant on s'aime aussi. On ne donne pas tout. Il n'y a que les mamans qui donnent tout. Lorsqu'elle et ses sœurs n'étaient pas gentilles avec maman, papa haussait le ton :

Mes filles, n'oubliez jamais qu'une mère c'est presque Dieu !

Elle n'a jamais cru en Dieu. Alors maman c'est tout pour elle.

Maman a répété :

Tu viendras, n'est-ce pas ?

Elle a senti que sa fille ne l'écoutait plus. Nadia pensait : on n'a qu'un papa, et je n'ai pas d'argent pour le voyage. Malika ne peut pas m'aider. Elle s'est séparée, elle travaille dans la vente et est mal payée. Elle divorcera mais ne sait pas quand. Aujourd'hui tout le monde divorce parce que personne ne veut vraiment se marier. Malika ne peut pas avoir d'enfant. C'est son plus grand chagrin. Moi, je ne pourrais pas vivre sans enfant, Pauline non plus.

Elle a songé à Pauline, sa meilleure amie, une Africaine dont l'appartement est en face du sien, au rez-de-chaussée.

En hiver, il leur arrive d'avoir froid, car c'est au-dessus des caves.

Elle s'est dit : elle pourrait m'aider.

Et elle a répondu à maman :

Je viendrai, je t'embrasse, je t'aime.

Puis elle a bouclé le téléphone, sinon ça aurait duré des heures.

Elle avait peu de temps pour trouver l'argent.

Pauline n'a jamais été mariée, elle a une fille, Sarah.

Il faudrait pouvoir se marier pour quelques années, comme un contrat renouvelable. On vit trop longtemps aujourd'hui pour rester toujours avec le même homme ! dit Pauline.

Pas si l'on aime vraiment, lui a lancé Nadia.

Mais qu'est-ce qu'aimer vraiment ? Aimer vraiment, ça ne veut pas dire aimer toujours !

Son amie gagne sa vie en faisant des ménages. Elle vit avec sa fillette de huit ans qui fréquente la même école qu'Anouar. Son chien s'appelle Saturne. Il a de petits yeux rouges. Elle a un homme dans sa vie, un Albanais qui a le même âge qu'elle. Lorsqu'elle parle de lui ou le présente, elle dit : mon copain.

On a tous une façon invariable de désigner nos proches. Il se prénomme Shaip. Il parle peu. Il fait de petits boulots. Il loue un studio près d'Ouchy. Il est dans l'attente d'un permis de séjour.

C'est beau l'Albanie, lui a dit Pauline. Elle n'y est jamais allée.

Avant la guerre il était riche, il a tout perdu, il avait un grand garage à Tirana.

Nadia n'en croit pas un mot mais les mensonges n'ont pas d'importance si on est bien ensemble.

Comme il est souvent libre, il est souvent chez Pauline. Nadia a été au chômage jusqu'à l'ouverture de son institut. Elle était alors beaucoup à la maison. Il regardait la télé avec le chien. Parfois elle entendait Saturne aboyer dans l'appartement. Elle s'est demandé s'il ne le battait pas. Une fois, elle l'a vu blessé à une patte. Il saignait. Elle en a parlé à Pauline qui lui a répondu qu'il avait été attaqué par un autre chien lors d'une promenade dans le bois de Sauvabelin.

Tu ne vas tout de même pas t'imaginer que… il est si gentil… et il s'entend très bien avec Sarah.

Être amoureux, c'est physique, ça nous tient. On ne peut pas être amoureux autrement. Elle a cet homme dans la peau, donc dans le corps. Elle est même capable de faire des folies pour lui.

Un soir Nadia est venue sonner à sa porte. Elle n'avait plus de lumière. Ses plombs avaient sauté. Pauline était à la cuisine. Elle préparait le repas. Elle lui a répondu qu'elle en trouverait dans le réduit à l'entrée du corridor. Sur l'étagère du haut, elle a vu un pistolet de couleur bronze, presque chair. Elle l'a saisi. Elle a passé son doigt sur le canon tout froid. La crosse était légèrement rugueuse. Puis elle a pris des plombs qui se trouvaient à côté.

Pauline, que fais-tu avec ce pistolet?

C'est à mon copain, n'y touche pas!

Il ne voulait pas le garder chez lui. Il l'avait emporté au moment de quitter l'Albanie. C'était pour se protéger. Il y avait la guerre pas loin, des menaces. Si on découvrait cette arme à son domicile, il courait le risque de se voir refuser son permis.

Mais Pauline, c'est dangereux !

Quel danger ? Sarah est trop petite pour le prendre.

Elle n'a pas su quoi dire…

Après le téléphone avec maman, elle est allée sonner chez son amie. Personne. Elle a sonné à nouveau. Elle a posé l'oreille contre la porte. Elle est descendue à la buanderie avec son linge. C'était son jour de lessive. Elle s'est assise devant la machine à laver et a regardé les couleurs tourner dans le tambour. Papa était encore vivant lorsqu'elle portait ces habits. Il sera enterré quand elle les remettra. Les souvenirs sont plus lourds à porter depuis qu'il est mort.

Les morts doivent être tout légers. Ils nous abandonnent même leurs propres souvenirs. Sinon ils ne peuvent monter jusqu'au ciel.

Elle a vu que le bouton rouge était éteint. Avant de sortir le linge, elle a regardé la porte ronde de la machine à laver. Elle a pensé au hublot d'un avion. Elle était à l'aéroport, prête à partir. Elle a rempli la corbeille et a quitté la buanderie. Devant la porte s'ouvrant sur le jardin, une culotte blanche allait tomber. Elle s'est penchée sur ce sous-vêtement et l'a pris avec ses dents pour le remettre à l'intérieur. Puis elle a appuyé avec le coude sur la poignée, sentant la corbeille fraîche contre sa poitrine, et a poussé la porte avec l'épaule. Derrière elle une femme a crié :

Attendez, je vais vous aider.

Elle ne s'est pas détournée.

Merci, ça va.

Elle est sortie. Elle avait le soleil dans les yeux. Il n'était plus très fort. Celle qui venait de lui parler, c'est la voisine du deuxième.

Comme il fait encore assez doux, le linge sera sec demain. Elle pourra le dépendre et le ranger. Sinon elle demandera à Pauline. En pendant son linge, elle a vu la femme du deuxième à sa fenêtre, qui la regardait.

Vous me semblez triste aujourd'hui ?

Mon père est mort.

Oh ! je suis désolée, si vous avez besoin de quoi que ce soit, n'hésitez pas à m'appeler. Il avait quel âge ?

Il n'était pas vieux.

Il est mort de quoi ?

Une crise cardiaque.

C'est une belle mort. On n'a qu'un père. Vous avez toujours votre mère ?

Oui.

Elle n'a pas voulu poursuivre.

Il n'y a pas de belle mort. Il y a la mort, un point c'est tout. Et peut-être même pas de grand mystère.

La voisine n'est pas restée à la fenêtre.

Nadia est retournée sonner chez Pauline. C'était presque deux heures. Toujours personne. Elle a pris son portable et l'a appelée. Elle était dans le studio de l'Albanais. Elle lui fait son ménage et paraissait tout excitée. Il était aussi là. Elle aime faire l'amour chez lui. Elle peut se laisser aller complètement. A la maison, Sarah dort dans la chambre d'à côté. Il n'y a pas que ça dans la vie, a pensé Nadia.

Mon père est mort, j'ai besoin de ton aide, je n'ai pas

l'argent pour me rendre à Tanger.

Elle est restée muette.

Tu m'écoutes ?

Bien sûr ma chérie, c'est arrivé quand ?

C'était la première fois qu'elle l'appelait ma chérie. Elle lui a tout raconté. Par moments, elle entendait l'Albanais parler. Il s'impatientait. Nadia avait envie de dire à Pauline : mais je suis en deuil, peux-tu faire l'amour en sachant que ta meilleure amie vient de perdre son père, elle vit seule avec son enfant, elle n'a plus aucun homme dans sa vie ? Et Shaip s'est écrié :

Tu fais quoi si longtemps au téléphone ?

C'est Nadia, son père est mort.

Oh ! s'est-il exclamé.

Tu veux lui parler ? lui a-t-elle demandé.

Il est venu. Il n'a pas dit grand chose, seulement :

C'est la vie, je vous laisse entre femmes, passez à la maison quand vous voulez.

Il parlait comme si c'était chez lui. Peut-être voulait-il lui témoigner davantage de sympathie, mais ne trouvait pas les mots. Ce n'est pas un mauvais homme. C'est triste de ne pas pouvoir dire ses sentiments. Elle se disait : il n'est pas l'Albanais, il est Shaip. Dans sa tête, plus d'Albanais, mais un homme précis parmi d'autres hommes.

On connaît toujours si mal les autres, on se fait des idées à partir de si peu de choses, on sait que c'est insuffisant, on n'en tient pas vraiment compte.

Pauline lui a répondu :

Sûr que tu peux compter sur moi ! On se retrouve dans une heure sur la terrasse de l'hôtel d'Angleterre, le temps de passer à ma banque, tu iras avec ton petit bonhomme ?

Oui.

Ah bon ? a fait Pauline, comme si elle le regrettait. Le voyage pour deux coûte plus cher.

Elle était sûre que Pauline l'aiderait. Il y a si peu de vraies amies, moins que les doigts d'une main. Il faut beaucoup de temps pour s'en faire une et on peut la perdre si facilement. Une critique maladroite, un mot de travers, un geste déplacé, et c'est fini.

Papa disait qu'il ne faut pas emprunter : l'argent divise les gens.

Si je suivais son conseil, je ne pourrais le revoir une dernière fois et il serait tout triste s'il le savait.

Pauline est généreuse. Elle ne voudrait pas que l'Albanais en profite. C'est souvent ainsi quand on a vécu seul longtemps et qu'on a retrouvé quelqu'un. Les relations sont éphémères même si, au fond, chacun souhaite que ça dure. Toutes deux savent que les hommes veulent coucher avec elles mais pas se marier, surtout si l'enfant n'est pas le leur.

Les enfants, ils veulent les faire eux-mêmes, dit Nadia, ils ne veulent pas élever ceux d'un autre, c'est la chair qui est toujours importante, sa chair, pas celle d'un autre, mais un enfant, c'est beaucoup plus qu'un mari, c'est pour toujours… comme elle est devenue jolie Sarah !

Elle a appelé Léo pour lui dire que papa était mort. Elle ne viendra pas travailler cet après-midi.

Ne te fais pas de soucis, on s'occupera de tout durant ton absence, je t'embrasse ma chérie.

C'était aussi la première fois qu'il lui disait ma chérie.

Elle ne s'est nullement méfiée de lui. Elle n'a pas imaginé une seconde que souvent on est aimé à condition non d'être dans la peine, mais de l'être assez longtemps. Celui qui compatit cherche un pouvoir.

Elle est allée se doucher et se changer. Elle s'est retenue de rire en pensant à la culotte qui pendait de la corbeille à linge. Elle l'avait remise à l'intérieur avec ses dents. Il aurait suffi de poser la corbeille et de la replacer normalement. Pourquoi faire simple quand on peut faire compliqué. Elle ne sait plus où ni quand elle a entendu ça.

Puis elle est sortie prendre le trolley pour retrouver Pauline à Ouchy. Elle a regardé le ciel. Il était bleu. Plus que d'habitude. Plus fortes aussi les couleurs de ce quartier de locatifs, l'herbe. Tout lui semblait plus proche, venu à sa rencontre en ce premier jour sans papa. C'était comme le premier jour où elle était arrivée dans ce quartier d'habitations modestes au sud de la route, où elle vit, les belles demeures au nord de celle-ci : maisons de maître, juchées sur une petite colline, aux murs blancs, volets grenats, terrasses, jardins, escaliers menant jusqu'au bord de la chaussée.

Un jour j'habiterai dans la plus belle de ces maisons, mon fils aura les plus beaux jouets du monde et je serai remariée.

Il y a des jours qui n'arrivent jamais à certains, nous n'avons pas tous le même calendrier, lui a dit une fois Malika.

Anouar était encore à l'école. C'était l'anniversaire d'un de ses camarades. Les enfants veulent rester ensemble. La fête d'un enfant, c'est la fête de tous les enfants avec lui. Elle voulait l'embrasser, le serrer contre elle, jouer avec lui, oublier son chagrin, devenir toute petite, le voir plus grand qu'il n'est, retrouver papa, quelque chose de papa en lui. Ils se ressemblent. Tous deux ont les oreilles légèrement décollées. Il est beau ton petit bonhomme, il va en faire des ravages, dit Malika qui l'adore comme si c'était son fils.

Lorsqu'il n'est pas gentil, elle l'appelle mon petit monstre. Elle ne l'a jamais frappé, ou si rarement, et seulement sur le derrière s'il traverse la route sans regarder. Son petit derrière aussi est sa chair. On ne veut pas faire de mal à sa propre chair.

Avant Ouchy, le trolley s'est arrêté et elle a vu un homme au passage pour piétons. Il n'était pas mal. Elle s'est penchée. Il lui a souri. Elle aussi, et son cœur s'est mis à battre. Puis il a disparu dans une ruelle. Il semblait pressé.

C'est trop bête, s'est-elle dit, on est peut-être passé tous deux à côté d'un grand amour, et ça doit arriver chaque jour à beaucoup. On a si vite peur.

Elle a entendu :

Contrôle des billets, s'il vous plaît!

Excusez-moi, j'ai oublié de prendre mon abonnement, mon père est mort aujourd'hui.

C'est bon pour cette fois.

Il n'a rien dit d'autre. Il avait un gros ventre. Un gros ventre, c'est beau seulement quand c'est celui d'une femme enceinte, a-t-elle pensé.

Une vieille dame s'est exclamée :

C'est triste de perdre son père, elle est si jeune encore!

Elle a parlé sans la regarder, comme pour elle.

A l'arrêt suivant, il y avait un grand bâtiment avec deux fenêtres aux rideaux rouges. Elle les a regardés. Un homme est entré dans le grand immeuble. Puis le trolley est reparti.

A Ouchy, le lac était calme, il scintillait sous la lumière de ce début d'après-midi de septembre, au loin des voiliers, des mouettes. Elle se sentait une toute petite chose, une fillette. Elle a pensé à Tanger. Le lac, c'est l'océan, la rive d'en face, la côte espagnole.

Il faudrait toujours avoir un regard d'enfant sur les choses. L'enfant est universel.

C'était déjà trois heures.

Sur la terrasse de l'hôtel d'Angleterre, elle a commandé un café.

Vous me semblez triste aujourd'hui, lui a dit le garçon.

Mêmes paroles que celles de la voisine du deuxième. Il est reparti. Il a dû se dire que ce n'était pas grave. Il avait raison sans le savoir. Il n'y a rien de grave dans la mort. C'est l'idée qu'on s'en fait qui fausse tout.

Le portable a sonné. C'était Pauline.

Désolée ma chérie, j'ai plus assez sur mon compte, je croyais que… on fait que de payer dans ce pays, pourquoi demandes-tu pas à Malika, elle doit bien avoir quelques économies, ou à Léo, il t'aime bien Léo, je suis sûre que tu trouveras de l'aide… et ce jeune publicitaire qui a fait les cartes pour ton institut, pourquoi essaies-tu pas, il t'aime bien aussi, tu trouves pas qu'il est mignon ?

Ce paquet d'os ? Il ne s'intéresse qu'à mes fesses ! C'est un gamin ! Il ne doit pas avoir beaucoup de sous, lui aussi débute dans sa profession et qu'est-ce qu'il penserait d'une femme qui fait encore pipi au lit!

Pauline a commencé à rire. Un rire, au téléphone, ça fait un vilain bruit. Nadia a coupé net. C'était sûrement l'Albanais. Il redevenait l'étranger qui profite et qui n'en fiche pas une rame. Elle le détestait. Il devait être vraiment bien au lit. Son amie est très portée sur la chose.

Léo ? Difficile. Il lui amène des clientes. Elle était en retard dans le paiement du loyer. Elle a pensé à des copines avec lesquelles elle va parfois danser le samedi soir quand Malika garde Anouar. Beaucoup vivent séparées, certaines, déjà divorcées, habitent avec leur copain. Elles n'ont pas beaucoup de sous. Elle pourrait demander à chacune une petite somme, mettons cent francs. Avec une dizaine, le compte est bon. Le temps lui manquait. Ne restait donc que Léo. Elle n'avait pas une minute à perdre. Elle a saisi son portable. Occupé. C'était énervant. Le temps passe trop vite dès qu'on est pressé, comme s'il se vengeait…

… C'est à ce moment-là qu'entre en scène Antoine, l'avocat de son ex-mari. Elle l'a immédiatement reconnu. Il l'a regardée. Elle a oublié qu'il portait des lunettes. Peut-être n'en portait-il pas à l'époque de son divorce. Elle ne l'a plus revu depuis. Il lui a semblé que c'était hier. Lui est revenu en tête son prénom. Elle ne lui en a jamais voulu. Elle lui a répondu par un signe de la main et il est venu à sa table.

Il était vêtu élégamment, sauf la cravate, pas du tout assortie à sa veste. Il devait être resté célibataire. Il ne portait pas d'alliance. Quelqu'un dans sa vie ? Elle a oublié que papa était mort. Antoine devait avoir l'âge d'Omar mais faisait plus jeune. Il lui a demandé si elle reprenait quelque chose. Elle a repris un café. Il a commandé un thé.

Toujours avocat ?

J'ai fermé boutique il y a deux ans.

Vous regrettez ?

Je suis bien content de voyager dans le dix-neuvième siècle, avec ce cher Byron ! Je suis attaché culturel au Palais fédéral, à Berne, pour quelques mois encore, après je serai à Paris, à l'ambassade de Suisse, je termine un travail sur les écrivains et poètes en Suisse française au dix-neuvième. Savez-vous que Lord Byron a séjourné dans cet hôtel à cause du mauvais temps ? Il y a écrit un poème en prose : *The Prisoner of Chillon...* mais parlez-moi de vous ? Que devenez-vous ?

Byron ? C'était la première fois qu'elle entendait ce nom. L'heure avançait. Elle voulait rappeler Léo, trouver l'argent, partir.

Vous me semblez préoccupée. Quelque chose ne va pas ?

Mon père vient de mourir et je n'ai pas l'argent pour me rendre à Tanger où on l'enterre demain.

Il a baissé les yeux et la tête, s'est légèrement voûté, puis, après s'être redressé, lui a dit :

Il y a moyen de s'arranger.

Elle l'a bien regardé.

Vous ne voulez pas ?

Ça me touche beaucoup, vraiment beaucoup, je vous rembourserai...

Elle était soulagée. Tout redevenait plus calme, plus léger dans sa tête. Elle resterait encore un moment avec lui. Ne l'aidait-il pas pour se faire pardonner ? Elle n'avait obtenu aucune pension pour elle et celle pour son fils était bien modeste. Son avocat l'avait mal défendue mais elle avait voulu en finir. On dit que la peur est mauvaise conseillère. La précipitation, c'est pire. Antoine pouvait se sentir responsable, même pour une part très ténue, de la mort de papa qui avait été très affecté par le divorce de sa fille. Tout est possible.

Avocat, c'est un beau métier, non ?

Qu'est-ce qu'un beau métier ?

Celui où l'on aide à moins souffrir. Mais comment faisiez-vous pour défendre un client que vous saviez coupable ?

On m'a souvent posé cette question. Ce sont presque toujours des coupables que les avocats défendent. Rares sont les innocents qui sont accusés. C'est pour les coupables que nous existons avant tout, être coupable ne veut pas encore dire que l'on est fautif selon la loi, les gens ne pensent qu'à la culpabilité morale, l'avocat doit examiner si l'infraction n'est pas prescrite par l'écoulement du temps, si les preuves ont été correctement administrées, si la capacité de discernement de son client était pleine, ou au contraire diminuée, le gardien de la morale, ce n'est pas lui, c'est le juge… vous partez ce soir ?

Ce qui l'a frappée à l'enterrement de papa, c'était le nombre important de personnes. Trois mois avant sa mort, il avait été décoré par le roi. Beaucoup se souvenaient de lui. Maman, Nadia, ses sœurs et les autres femmes n'ont pas assisté à l'ensevelissement. Elles sont restées à l'entrée du cimetière.

Les femmes ne sont pas issues de la terre, a dit maman, mais de la chair de l'homme, notre religion m'épargne la peine de voir votre papa rejoindre la terre.

Le soir, chez maman, il y avait un homme assis sur le grand canapé, vêtu d'un burnous blanc, portant une barbe, ses yeux brillaient comme des diamants. Il s'appelle Abdallah. Il est très religieux. Elle ne se souvenait pas de lui.

Alors, c'est qu'il n'avait pas de barbe, que la barbe vieillit ! s'est-elle exclamée.

Mais non, ma chérie, il a toujours porté la barbe.

Comme il a changé !

Pas plus que les autres, on change tous, ce n'est pas beau de vieillir, si la vieillesse arrivait subitement, ce serait insupportable, on a tout juste le temps de s'y faire et cela nous évite une trop grande désolation... ah ! je donnerais tous mes bijoux pour que votre cher papa vienne me prendre dans ses bras, me serrer encore une fois bien fort contre lui !

Elle s'est levée du canapé pour s'occuper des petits qui couraient dans le salon. Nadia est allée parler avec Abdallah, aperçu au cimetière, sa tête alors recouverte d'un grand capuchon, ses yeux déjà.

Tu es jeune, tu es belle, il faut te remarier et avoir d'autres enfants, assure-toi que l'élu de ton cœur saura aussi aimer ton fils, tu es parmi les chrétiens, dans le pays où tu te trouves il y a beaucoup de bons musulmans, de bons enfants d'Allah qui se réunissent pour prier. Épouse un musulman, un chrétien seulement s'il accepte de devenir musulman, n'oublie pas qu'Allah n'a pas de fils, nous sommes tous ses enfants, et Mahomet est son prophète.

Mais Jésus aussi est prophète !

Mahomet est le dernier prophète choisi par le Miséricordieux !

Fatima s'est approchée de lui :

Abdallah, mon cher cousin, laisse-la tranquille, ne sommes-nous pas dans la peine ?

J'épouserai l'homme que j'aime et qui nous aimera moi et mon fils, musulman ou chrétien, ou même incroyant.

Elle a pensé à Antoine. Elle a regardé autour d'elle. Ils continuaient à parler, les enfants jouaient. Maman a servi du café. Sa tante a posé des biscuits sur la table et les petits se sont approchés d'elle. Elle lui a demandé un peu sèchement :

Comment va ton petit monstre ? Il paraît qu'il est malade.

... les enfants de la classe sont tous tombés malades, un empoisonnement lors de la fête d'un de leurs camarades, heureusement sans danger… il est chez Pauline.

Et ça sentait bon dans tout le salon. Des odeurs de parfums. Jusque tard dans la nuit ils ont regardé les photos de papa en vacances avec maman et ses filles.

Elle est restée trois jours chez maman.

Chaque soir elle a téléphoné à son fils. Elle était heureuse de savoir que Pauline s'en occupait bien. Et il y avait Sarah.

Puis elle est rentrée. Malika reviendra dans deux semaines. Sa patronne a accepté mais a été réticente. La mort donne des droits. Chacun la respecte. C'est une reine, disait papa, ignorée durant l'enfance, soupçonnée à l'adolescence, on commence à entendre ses pas à l'âge adulte, puis sa marche s'accélère, elle avance toujours plus vite, alors elle est crainte, on cherche à l'éviter, mais que veux-tu, elle finit toujours par l'emporter, c'est une femme, mais une célibataire qui cherche depuis toujours à se marier, le drame c'est qu'elle continue de croire que chaque homme peut faire un bon mari, un jour elle nous embrasse, nous serre dans ses bras, et l'on meurt, les femmes s'en sortent mieux, pas question pour la mort d'épouser l'une d'elles, et c'est pour ça que les femmes ne meurent pas vraiment, elles ont des enfants qui perpétuent leur chair…

Papa est mort il y a cinq jours. Pas encore un souvenir. Il commence à se décomposer. Quand ce sera fini, plus de corps, des os seulement, comme tous les os, un crâne comme n'importe quel autre crâne, elle n'y pensera plus. Commencera le souvenir et elle dira : papa était bel homme. Le souvenir, c'est plus léger que la pensée.

Sitôt rentrée, il lui a semblé se trouver dans un nouveau pays.

Elle a eu juste le temps de prendre le dernier train pour Lausanne, un omnibus. En face d'elle, un homme fumait et la regardait toujours. Il la regardait tel un enseignant son élève lorsqu'il lui a posé une question et attendant la réponse. Elle n'aurait jamais pu faire d'études. Elle n'aurait jamais supporté ça. Elle est allée s'asseoir ailleurs.

Arrivée devant la porte de Pauline, elle a trouvé un billet indiquant qu'elle était dans son appartement. Elle est entrée sans sonner. Il y avait de la lumière au salon et la petite chaise cannée sur laquelle Anouar aime s'asseoir était vide. Il devait déjà dormir. Elle était devant la télé. Le son était faible. C'est vraiment une bonne maman. Devant elle, sur la table, de la bière et un paquet de dattes entamé. Elle s'est levée et l'a regardée. Nadia l'a trouvée fatiguée, mais c'était peut-être elle-même qu'elle voyait.

Pauline l'a prise dans ses bras, l'a serrée contre elle, l'a embrassée. Elle s'est laissé aimer comme une petite fille.

A l'enterrement de papa, elle n'a pas pleuré et s'est demandé si les autres lui en voudraient. Papa lui avait parlé un jour de ce roman de Camus où l'on condamne à mort un homme parce qu'il n'a pas pleuré à l'enterrement de sa mère. Mais ce n'est plus possible aujourd'hui. Elle n'a pas voulu que sa famille s'apitoie sur elle. Ne suis-je pas capable de me débrouiller seule dans la vie ? Dix ans auparavant, elle avait décidé de les quitter, ils n'étaient pas vraiment d'accord, elle leur avait manqué, ils avaient souffert, je veux faire ma vie, et c'est aimer, pleurer, espérer, se réjouir, puis à nouveau pleurer, et tout passe et tout revient, et il n'y a pas de grandes différences entre les sentiments.

A chaque larme qui coulait sur ses joues, elle ressentait un allégement de ce chagrin qu'elle n'avait pas imaginé si physique, la coupure à vif du cordon paternel. Perdue dans cette Suisse devenue subitement immense au point que toute sa vie ne suffirait pas pour la connaître bien, ses frontières si éloignées d'elle et ce monde où elle allait vivre sans papa.

Après elle s'est sentie mieux. C'était très tard mais elle ne savait pas l'heure. Pauline est encore restée un moment. Puis elle lui a dit : à demain ma chérie. Nadia a entendu Saturne aboyer une fois. Elle a eu peur qu'il ne réveille Anouar. Elle est allée le rejoindre. Il était éveillé. Elle l'a pris dans ses bras et l'a embrassé. Elle ne voulait pas dormir seule. Elle l'a sorti de son lit et, tout joyeux, il a sauté dans celui de maman. Il s'est vite endormi. Peu après, il a bougé et crié. Elle a allumé. Il avait certainement fait un cauchemar et elle l'a tenu contre elle. Il s'est rendormi.

Elle n'a pas fermé l'œil de la nuit, pensant à papa et à Antoine. Elle revoyait son visage, moins présent que l'autre jour à Ouchy.

Les corps des vivants qu'on a quittés se décomposent aussi et quand on ne les aime plus ils ressemblent à d'étranges squelettes.

Plusieurs fois elle a regardé le réveil. Très vite deux heures, puis le temps a ralenti jusqu'à cinq. Les heures défilaient si lentement qu'elles lui semblaient un peu endormies, comme si elles aussi connaissaient la fatigue. Elle s'est tournée du côté de la fenêtre où le rideau n'est jamais tiré. Il y avait un peu de lumière venant de la lampe du petit parc à voitures. Elle a entendu Pauline gémir, crier une fois comme un oiseau, et ça lui a donné envie. Elle voulait se caresser mais il y avait son petit bonhomme.

Une voiture est passée près de sa fenêtre puis s'est arrêtée. Elle a remarqué un appel de phares, une femme entrer dans l'auto. Peut-être un rêve.

On croit qu'on a passé une nuit blanche, mais on s'est assoupi, dormant presque, rêvant déjà. Elle a de nouveau regardé le réveil. Il était sept heures, il faisait jour depuis un moment, elle ne l'avait pas remarqué… et papa avait passé sa cinquième nuit dans la mort. Il n'y a pas de nuit dans la mort. Tout est fini. Plus d'attente. Plus rien. C'est bien davantage que la paix…

… peu après ça a sonné. Elle est allée ouvrir. C'était Pauline qui partait travailler.

J'ai oublié de te dire que quelqu'un a téléphoné hier soir chez toi. Il voulait avoir de tes nouvelles, il a pas donné son nom, il a seulement dit Antoine, c'est qui ?

Elle a vu le sourire coquin de Pauline.

Une belle jeune femme comme toi, ça doit pas rester seule, et puis personne n'est fait pour vivre seul, je t'ai déjà dit que tu vivais seule depuis trop longtemps, fais attention ma chérie, on attrape vite de mauvaises habitudes, et puis c'est merveilleux d'être dans les bras d'un homme, ah cette nuit, si tu savais !

Mais je sais Pauline, je sais !

Ah bon et comment ?

C'est mon petit doigt qui me l'a dit !

… Il fait quoi dans la vie ton Antoine ? Il est beau ?

Il est avocat, enfin il l'était.

T'as fait une bêtise ?

Non, c'est simplement un homme que je connais un peu, c'était l'avocat de mon ex. On s'est rencontré il y a quelques jours. Je t'ai dit que quelqu'un m'a aidée pour payer le voyage, c'est lui.

Alors comme ça l'avocat de ton ex, qui a obtenu pour son client une ridicule pension à payer à son fils et rien pour toi, débarque tout à coup et te paie un voyage en avion ! C'est le monde à l'envers ! Je les connais les avocats, j'en ai eu plusieurs quand je me battais pour la pension de ma fille, plusieurs incapables, si tu savais ce que ça m'a coûté, mais j'ai fini par en trouver un bon, un coriace qui faisait pas dans la dentelle, il détestait le père de Sarah… pas croyable ton histoire… t'es amoureuse de lui ?

Je ne sais pas, il m'a aidée.

Il t'a manqué ?

J'ai pensé à lui, il y a des mois que je n'ai plus fait l'amour.

C'est de ta faute, t'aurais pu avoir le petit jeune homme qui a fait ta pub, il demande que ça.

Je sais, il est mignon, mais il ne me plaît pas vraiment, et il est un peu jeune. Tu peux coucher, toi, avec quelqu'un qui ne te plaît pas vraiment ? Antoine, lui, me plaît bien. Je ne dirais pas non.

Laisse tomber, c'est rien pour toi, il faut que je file, on se reverra ce soir.

Ses pas dans le corridor et Saturne a aboyé... c'est vraiment mal isolé, on entend tout ; quand je gagnerai bien ma vie, je prendrai un appartement plus beau, plus grand, près du lac, nous aurons un chien, je pourrais déjà en avoir un, ça ne coûte pas beaucoup un animal, mais ici c'est trop petit, Pauline a une chambre de plus, et Anouar aimerait un chien... nous en aurons un avec de longues oreilles, un beau collier, et nous l'appellerons... je ne sais pas, il choisira, ce sera le sien... j'aurai aussi une belle auto et le dimanche nous irons à la campagne avec les enfants et le chien... Antoine ? Rien pour moi ? Pauline, elle doit être un peu jalouse.

... Anouar est sorti de sa chambre en se frottant les yeux avec ses petites mains. Il marchait lentement, avec nonchalance. Il ressemble de plus en plus à son père. Il est allé à la cuisine et s'est assis sur son tabouret. Il ne parle pas beaucoup. Elle lui a versé du lait dans son bol. Il a toujours voulu boire dans un bol. Il s'est servi lui-même de chocolat en poudre. Elle lui a fait une tartine à la confiture aux fraises et lui a demandé de se dépêcher car il devait encore se laver et elle était pressée. Il a dit : non! non! Il était de mauvaise humeur. Il n'a pas voulu manger. Elle a insisté. A nouveau il a dit : non! non! Il est parfois insupportable. Elle a pris sa tartine et a commencé à la manger. Il s'est mis à crier : non! non! Elle lui a rendu sa tartine, il s'est calmé et l'a mangée. Puis elle est allée se coiffer à la salle de bains où il faudrait tout repeindre, l'humidité a provoqué des fissures et la peinture se détache… et elle entendait Anouar marmonner des propos incompréhensibles. Tous les petits enfants font ça. Ils jouent toujours et avec tout. Le jeu est leur monde.

Sitôt coiffée, elle s'est servi un café et l'a bu d'un trait.

On part dans dix minutes!

Ensuite elle est retournée dans sa chambre pour s'habiller devant le grand miroir à côté du lit. C'est un cadeau de Malika qui lui avait dit que c'était beau de se voir faire l'amour. Nadia n'a jamais amené un homme chez elle. Tout autour, entre le cadre et la glace, elle a mis des photos de famille. Il y en a beaucoup avec son fils, plusieurs faites dans des automates.

Elle a terminé sa coiffure et s'est regardée.

De bonne grandeur, bien proportionnée, avec des seins droits, ni trop grands, ni trop petits, aux mamelons comme des noisettes, la peau mate, un nombril tout mignon qu'elle aime parfois montrer en mettant des pulls très courts, de jolies fesses, chacune bien arrondie et ferme, elle s'est trouvée jolie.

Tu es bien foutue, lui répète souvent Pauline… avec un corps comme le tien dommage que tu fasses si peu l'amour, pour réfléchir il y a la tête, mais le corps, lui, il est fait pour jouir, profites-en ma chérie, car on est vite vieux, et faire l'amour quand on est vieux, c'est pas beau.

Elle a avancé son visage vers le miroir, y a posé sa joue, puis sa bouche, a embrassé la surface pour ensuite y appuyer son épaule encore nue. Le miroir était tiède à cause du soleil entré dans la chambre.

Mais elle n'a jamais aimé son nez. Qu'est-ce que tu fais de l'air de famille ? disait papa.

Elle a repensé à Antoine. Il ne me trouve peut-être pas assez belle. Elle voulait lui téléphoner. Ce n'est pas à moi de le faire, même si Pauline prétend qu'on ne pense plus ainsi aujourd'hui. Peut-être aussi qu'il n'aime pas les Marocaines. Elles ont mauvaise réputation dans ce pays.

Tu sais, beaucoup doivent commencer dans un cabaret pour avoir un permis de séjour... elles cherchent à se mettre les pieds au chaud et des bijoux autour du cou... elles épousent n'importe qui pourvu qu'il ait de l'argent... et elles savent très bien qu'en cas de divorce les Tribunaux peuvent condamner leur stupide mari à leur payer une pension... c'est scandaleux !... la connerie ça coûte très cher parfois !... tu vaux beaucoup mieux qu'elles... tu as raison de ne pas les fréquenter ces Marocaines... s'est exclamé un jour Léo.

A midi, elle a téléphoné à maman qui va mieux. Elle est bien entourée. Fatima la voit souvent. Nadia a aussi parlé avec Malika qui rentrera à la fin de la semaine prochaine. Elles pourront passer le dimanche ensemble avec Anouar. S'il fait beau, ils iront se promener à

Ouchy. Ils mangeront des glaces. Sinon ce sera la piscine couverte. Anouar adore nager. Le soir, Malika restera avec eux. Elle aidera à faire le repas. Ils regarderont la télé. Avec tous les programmes qu'il y a, on trouve toujours quelque chose. Nadia lui parlera d'Antoine.

Souvent, elle se demande : pourquoi ne m'appelle-t-il pas ?

Elle se sent seule depuis que papa est mort. A cinq heures et demie, elle est allée chercher son petit bonhomme. Il était grincheux parce qu'elle était en retard. La maîtresse d'école lui a dit :

Ce n'est pas la première fois !

Avec son institut, elle n'est pas totalement libre de son emploi du temps. L'indépendant dépend de son indépendance. Il y a des clientes qui arrivent en retard, elle ne peut pas les renvoyer.

En rentrant, Anouar lui a demandé : je pourrai rester à l'école ici, hein maman ?

Mais oui mon chéri, ne t'en fais pas.

Il aime beaucoup la petite Sarah.

L'air commençait à être frais. Il y avait de la brume sur le lac. Demain, elle lui dira de mettre des habits plus chauds...

... Comme chaque soir, ils ont mangé simplement. Anouar a regardé quelques dessins animés puis est allé jouer dans sa chambre avec son petit appareil électronique. Elle le lui a ramené de Tanger, un cadeau de Fatima. Pauline est venue juste après, avec Sarah et son chien. Elles ont bu quelque chose ensemble. Sarah est allée rejoindre Anouar. Saturne est resté au salon, couché devant la télé. Il semblait vivement s'intéresser aux images.

Pauline est inquiète. L'Albanais aimerait l'épouser. Elle ne veut pas le faire pour les papiers.

Mais mon copain fait si bien l'amour, lui répète-t-elle lorsque Nadia lui dit qu'elle pourrait trouver mieux, un gars avec une situation claire.

Et maintenant il voudrait t'épouser, il a tout à y gagner, l'amour ? Il n'y a pas que ça dans la vie.

C'est le plus important ! Nadia, ceux qui s'entendent bien au lit ne se séparent pas, quand le lit va, tout va, ça laisse dans ma tête comme des petites étoiles, c'est beau cette image de l'étoile, tu trouves pas, c'est pas de moi, d'un ex qui était poète, d'ailleurs meilleur poète qu'amant, je sais pas ce qu'il est devenu.

Des étoiles, vraiment ? Après l'amour, il n'y a plus rien. Nadia oublie même la jouissance, il lui semble que l'orgasme emporte tout sur son passage, absolument tout et après c'est une paix presque sans image, la chambre, la table, les habits sur la chaise, ne demeure que ce qui existe vraiment.

L'amour physique, c'est toujours la même chose, disait maman, mes filles ça passe plus vite que le goût du pain, mais le pain, on ne s'en lasse jamais !

Le téléphone a sonné. Le chien s'est relevé d'un trait mais n'a pas aboyé. Elle s'est dit : c'est Antoine. Elle a répondu. C'était une erreur. La personne s'est excusée plusieurs fois. Trop poli pour être honnête, a-t-elle pensé. Anouar leur a montré son jouet. Elles n'y ont rien compris. C'est cependant facile. Ensuite l'Albanais est arrivé et ils sont partis. Nadia a alors dit à Anouar d'aller au lit. Il s'est lavé puis couché. Elle lui a lu une histoire et il s'est endormi. Elle est retournée au salon. Il n'y avait rien à la télé et elle a éteint.

Le soir suivant, à la même heure, elle s'est étendue sur le canapé du salon. Pauline et Shaip ont attendu que Sarah soit endormie pour faire l'amour. Pauline crie parfois très fort. Elle l'entend jusque dans sa chambre. Elle lui a demandé si elle ne craignait pas de réveiller sa fillette. Ma petite chérie a un sommeil de plomb, lui a-t-elle répondu. Anouar a un sommeil plus léger. Dès que Nadia criait pendant l'amour, il se réveillait et pleurait. Elle l'entendait et allait le consoler. Ça énervait Omar.

Avec lui, j'aurais tiré le diable par la queue toute ma vie !

Moi, je préfère être tirée par la queue que tirer le diable par la queue ! lui a dit une fois Pauline.

Puis Nadia a allumé une cigarette.

Antoine a quelque chose de Karim, son premier amour, elle ne sait pas quoi, le front peut-être, large, la bouche. L'amour ne veut jamais mourir. Il guette et se jette sur tout ce qui lui ressemble.

Elle regardait la fumée blanche monter lentement. Elle le voyait assez fumer la pipe, ou le cigare, mais alors des bons, des *hecho a mano*. Elle a continué à regarder la fumée s'élever jusqu'au plafond en cercles instables qui très vite se défaisaient. Elle trouvait ces formes belles. Qu'est-ce que je vais bien pouvoir lui dire ? Elle avait peur d'être ridicule. Elle aurait voulu qu'il soit là à lui faire l'amour, rien d'autre, ne pas se parler, on aura tout le temps de se connaître après. C'était tard. Elle est allée se brosser les dents puis s'est mise au lit, pensant à papa.

Être mort, qu'est-ce d'autre que dormir sans plus jamais rêver en se laissant couler lentement dans la terre, devenir aussi léger et beau qu'un nuage qui s'en va dans le ciel. Elle se sentait bien dans son lit comme si elle allait fondre dans les draps doux pour retrouver ainsi un peu du mystérieux pays de papa.

Le téléphone a sonné. Elle rêvait déjà. Ça sonnait toujours. Ce n'était pas un rêve. Elle s'est levée. Son cœur s'est mis à battre. Antoine.

Non, vous ne me dérangez pas, je suis bien contente de vous entendre… oui, mon amie m'a dit que vous aviez appelé, je voulais vous rappeler… mon petit bonhomme est au lit, il dort… je regardais la télé.

Et votre voyage… l'enterrement de votre père ?

Elle a parlé tout le temps. Il ne l'a pas interrompue. Quand on parle beaucoup, on parle toujours trop, disait papa.

Elle voulait rester au téléphone.

Puis il lui a demandé :

Vous n'êtes pas fatiguée ? Je tombe de sommeil… on se reverra… bonne semaine, chère Nadia.

Pour la première, fois il l'a appelée par son prénom.

J'ai l'argent pour vous rembourser, on se voit demain ?

Mais c'était un cadeau, chère Nadia, l'avez-vous oublié, ça m'a fait plaisir de vous rendre ce petit service, je sais ce que c'est de perdre son père.

Cher Antoine, je ne peux accepter… j'ai dit que je vous rembourserai.

Nous en reparlerons.

Quand ?

Que faites-vous samedi en huit ?

Samedi prochain ?

Non, le suivant.

Je suis libre.

Elle a repensé à l'arrivée de Malika qui pourrait garder Anouar l'après-midi. Pourvu que son avion n'ait pas de retard, parce qu'avec Pauline c'est presque impossible, le samedi, elle nettoie des bureaux.

… elle a compté chaque jour. La semaine qui passe habituellement vite avançait lentement, presque hostile, comme jalouse de son bonheur. Un soir, elle a arraché quelques pages du calendrier de la cuisine pour se donner l'illusion que samedi était plus proche. Pauline l'a remarqué. Nadia lui a répondu qu'elle s'était amusée à lire les pensées imprimées au dos. Elle craignait de recevoir un téléphone d'Antoine annulant le rendez-vous.

Avoir des sentiments pour l'autre, c'est surtout être préoccupé par les sentiments de l'autre. Elle se posait mille questions. Il ne l'a plus rappelée. Par moments, elle était presque certaine que c'était fini. Elle en a parlé à Malika qui lui a dit : vous avez fixé un rendez-vous, il a de l'éducation, il viendra, et tu peux toujours l'appeler, ça lui fera certainement plaisir.

Elle lui a téléphoné, mais ça ne répondait jamais. Plusieurs fois aussi à son travail. Il était chaque fois occupé. Et s'il ne voulait plus me revoir ? Elle n'a plus appelé. Elle s'est dit : il va partir à Paris. Léo la sentait nerveuse. Trouve-toi quelqu'un, tu ne vas tout de même pas te sacrifier pour ton fils, un jour il s'en ira, ce jour viendra vite, tu es jolie, ça ne doit pas être difficile.

Un matin, son lit était tout mouillé. Elle était en

colère. Je vais lui montrer de quoi je suis capable, moi aussi j'ai ma dignité. S'il pense qu'il peut me mener par le bout du nez simplement parce qu'il m'a donné de l'argent, il se met le doigt dans l'œil! Je le lui rendrai!

Elle s'est démenée comme une folle. Téléphones aux copines et copains, visites à certains. Ah si je pouvais t'aider! Ça tombe mal maintenant, et puis on a eu beaucoup de dépenses ces derniers temps, le dentiste, et c'est pas remboursé par l'assurance!

Elle n'a pas trouvé l'argent et samedi a fini par arriver. L'attente avait duré des mois et elle avait rompu cent fois.

Elle a quitté l'institut à midi. Léo était surpris.

Tiens, déjà, et où cours-tu comme ça?

Elle s'est détournée.

Je suis heureuse.

Oh! mais ça se soigne, lui a-t-il lancé.

L'apprentie a ri et une cliente a dit :

Voilà quelqu'un qui se remet vite de la mort de son père!

Malika était déjà arrivée. Elle avait pris des couleurs. A Tanger, c'était encore l'été. Elle jouait avec Anouar. Nadia voulait mettre des vêtements chic. Sa sœur en avait dans sa valise. Toutes deux ont presque la même taille. Elle a pris le tailleur bleu.

Tu en prendras grand soin!

Mais enfin! je suis soigneuse.

Elle s'est douchée, peignée, maquillée, puis a parlé avec Malika qui est venue à la salle de bains.

Tu as grossi.

Elle a trop mangé tous ces soirs devant la télé.

Le tailleur étant un peu chiffonné, elle lui a donné un coup de fer puis est sortie en quatrième vitesse.

Que se passe-t-il ? Y'a pas le feu ma grande !

Eh bien oui, justement, y'a le feu !

Il aurait pu venir te chercher !

C'est moi qui n'ai pas voulu, tu as vu comment c'est, ce désordre, je ne peux pas lui présenter ça, qu'est-ce qu'il va penser de moi, et puis j'ai honte qu'il voie où j'habite.

Mais s'il t'aime ?

Qui a parlé d'amour ?

Mais toi ! Tu ne fais que parler de lui, cette attente t'a été insupportable, non ?

Laisse-moi ! j'ai d'autres chats à fouetter, l'institut, ça ne marche pas terrible, je me sauve, à ce soir !

Son petit bonhomme était de mauvaise humeur. Elle l'a embrassé. Ce qu'il peut être agaçant parfois. Un vrai petit monstre alors qu'elle fait tout pour lui. Elle n'a pas été comme ça avec papa et maman. Mais c'est un souvenir et un souvenir n'est pas la vérité.

A peine sortie de l'immeuble, elle a remarqué qu'elle avait oublié ses boucles d'oreilles. Maman les lui avait offertes pour ses trente ans.

J'entre et je sors !

Malika s'est exclamée :

C'est pas vrai, t'as le feu au cul !

Anouar est sorti de sa chambre, s'est jeté contre elle, l'empêchant de repartir.

Maman va rentrer tout de suite, lui a dit Malika, viens mon petit chou, on va jouer ensemble.

Il s'est mis à crier. Nadia l'a de nouveau embrassé :

Demain, nous irons manger des glaces et aussi à la piscine et il y aura Sarah. Tu veux te marier avec Sarah quand tu seras grand ?

Il s'est vite calmé et elle est repartie en courant, craignant de manquer le trolley. Elle pensait tout le temps à Antoine. Nous habiterons une de ces belles maisons de l'autre côté de la route, nous serons heureux, la vue s'étend jusqu'au lac, c'est déjà l'océan, c'est chez moi, c'est Tanger.

Plus les années avancent et plus on recherche non ses racines mais leurs signes car les racines disparaissent vite dans la terre de notre vie toujours plus vaste avec le temps…

Elle a regardé le ciel. Il faisait grand beau. Il y avait un léger vent à Ouchy. Elle était heureuse. Antoine sur la terrasse, c'était un autre Antoine. Cette métamorphose s'étendait à tout l'espace dont il était le centre, une autre terrasse où elle n'avait encore jamais été.

Il était bien habillé. Il s'est levé. La couleur des yeux d'Antoine lui semblait avoir changé.

Ils ont pris un café et il a appelé le garçon pour régler. Il voulait lui faire visiter le Château de Chillon. Elle n'y était jamais allée. Le serveur a ouvert une bourse noire où elle a remarqué beaucoup de monnaie et des billets. Les pièces brillaient comme de petits poissons qui ont percé la surface de l'eau avant l'orage.

Il lui a montré le pilier où Byron grava son nom. Une plaque en verre est posée dessus. Dans une grande salle, un guide parlait des supplices de l'époque. Elle a entendu des soupirs et même un cri de femme. Il lui a murmuré : *les soupirs de la sainte et les cris de la fée.* Elle a simplement dit : mais les fées ne crient pas. Il a répondu : les poètes disent que oui et les poètes ne se trompent jamais. Elle s'est dit : je vais pouvoir apprendre un tas de choses avec lui.

L'après-midi est passé très vite.

Au retour, elle a une fois laissé sa tête se poser sur son épaule mais aussitôt s'est redressée.

De quoi avez-vous peur ? lui a-t-il demandé.

De moi ! On a toujours davantage peur de soi que des autres, non ?

Vous ne me détestez plus ?

Comment pouvez-vous dire des choses pareilles ?

J'ai été l'avocat de votre ex-mari !

C'est du passé, est-ce qu'on ne change pas avec le temps ?

Pas toujours, ce n'est pas le temps qui nous fait changer, c'est nous-mêmes si nous le voulons vraiment, rien ne donne la sagesse, la paix, sinon la volonté… j'adore être avec vous.

Elle a passé sa main sur son visage, puis son cou, lentement, et il a légèrement mordillé ses lèvres. Ses caresses l'excitaient. Elle a regardé son pantalon et a vu un pli se déformer. Elle a hésité à laisser sa main couler jusque sur son sexe. Il a pris sa main et l'a embrassée.

Il faut être prudent sur la route, voulez-vous dîner avec moi ce soir ?

Bien sûr !

Mais votre fils ?

Il est avec ma sœur… jusqu'à demain… Antoine avez-vous quelqu'un dans votre vie ?

Non.

Pas même une petite amie ?

Je n'ai pas de petite amie… êtes-vous déjà allée au Beau-Rivage ? On y mange merveilleusement bien.

Le soleil se couchait.

Regardez ces lames roses dans le ciel ! s'est-il exclamé tout joyeux.

Pour elle c'était un coucher de soleil, simplement. Rien de réel en dehors, seulement des mots pour fabriquer des images, des mots qui sont toujours beaucoup moins que les choses.

Au Beau-Rivage, elle a téléphoné à Malika pour lui dire qu'elle rentrerait probablement tard. Anouar était grincheux.

Tu es restée seule trop longtemps avec lui, il ne supporte pas la présence d'un homme dans la vie de sa mère, tu aurais dû prendre un amant après ton divorce et l'amener de temps en temps chez toi… profite bien, il gagne assez, prends ce qu'il y a de meilleur, et n'oublie pas que c'est à cause de lui que tu as dû trimer toutes ces années pour nourrir ton petit bonheur, tu es amoureuse ? Tu le connais à peine, ne va pas faire de conneries ! Et lui il t'aime ?

Il doit avoir des sentiments pour moi.

Il t'a dit qu'il t'aimait ?

Non.

Alors c'est qu'il ne t'aime pas, fais gaffe, tu as besoin de toute ton énergie en ce moment, songe à ton boulot, enfin tu es majeure et vaccinée, passe une belle soirée, je t'embrasse, je vais rejoindre ton petit monstre, on s'entend très bien tous les deux…

Il y avait des bougies roses sur leur table, de même couleur que la nappe… et le temps passe trop vite quand on est heureux…

Pourquoi ne vous êtes-vous pas remariée ? Une jolie femme comme vous ! Voyez-vous encore votre ex-mari ?

Seulement pour le droit de visite, mais lorsqu'il me ramène Anouar il faut toujours qu'il jette son nez dans tous les coins de l'appartement.

Vous n'êtes pas obligée de le laisser entrer… je crains qu'il ne veuille pas que vous refassiez votre vie, c'est dans sa mentalité et c'est vous qui aviez demandé le divorce, vous savez qu'il a pris ça très mal, il s'est senti humilié, mais parlons d'autre chose, vraiment je suis surpris qu'une belle femme comme vous ne soit pas remariée.

Antoine, ce n'est pas facile, avec un enfant, pas beaucoup d'argent, et je suis étrangère…

Nous sommes tous des étrangers ! Je le suis pour vous, pour les Italiens, Portugais, Espagnols, Turcs, Albanais, Kosovars qui vivent au pays. Il n'y a pas d'étrangers ou alors nous le sommes tous !

Vraiment, vous n'avez pas de petite amie ?

Il lui a pris la main. Elle a senti le désir. Elle ne savait pas où exactement, dans son ventre, dans le bas de son ventre, un peu au-dessus de son sexe déjà humide, au bas du dos aussi. Elle voulait qu'il la prenne dans ses bras et qu'il la serre très fort. Il a gardé sa main dans la sienne et a appelé le garçon qui leur a apporté la carte des desserts.

Les bords des manchettes du serveur étaient recouverts d'un mince anneau gris. Pas admissible dans un cinq étoiles. Ils n'ont rien vu.

Elle a dit :

Je prendrai seulement un café.

Moi aussi, a fait Antoine.

Et le serveur s'est éloigné.

Il a l'air déçu, peut-être n'avons-nous pas pris assez de choses ? a murmuré Nadia.

Vous voulez qu'on lui fasse plaisir ?

Il l'a rappelé :

Garçon, vous avez des chambres ?

Elle ne fait plus pipi au lit.

Hier, il lui a acheté une jolie robe du soir.

Depuis un mois nous sortons ensemble !

Vous rentrez ensemble ! a corrigé Malika.

Je serais devenue folle si j'avais continué à vivre comme une nonne.

Enfin te revoilà normale ! Je commençais à avoir peur.

Quand Omar exerce son droit de visite, elle passe le samedi et le dimanche avec Antoine.

Il lui a fait découvrir les lacs de Thoune et de Brienz sur un vieux bateau à roues à aubes. Ils sont restés deux jours à Wengen. Il y avait beaucoup d'oiseaux tout noirs qui lui semblaient affamés. Elle est allée dans une boulangerie et a acheté cinq kilos de pain. Puis elle s'est rendue sur le balcon de leur chambre d'hôtel. Elle a nourri tous les oiseaux de la montagne. L'hôtelière n'était pas contente car il y avait beaucoup de fiente sur les balcons.

Antoine a un bel appartement dans la vieille ville de Berne, pas très loin d'où elle habitait. Ils auraient pu se rencontrer. Il lui a dit se souvenir l'avoir vue une fois.

Qu'est-ce que ça t'avait fait ?

Je t'avais trouvée très jolie.

Il n'a rien dit d'autre.

Tu avais pensé à moi après ?

Un peu, j'avais quelqu'un à l'époque.

Elle était plus jolie que moi ?

Non, mon amour, mais elle était moins curieuse.

Il a toujours le dernier mot. Il n'a pas été avocat pour rien.

Quand ils sont seuls tous les deux, il est plus heureux. Il ne sait pas bien y faire avec son petit bonhomme. Il lui offre souvent des cadeaux, mais parle très peu avec lui. Un petit baiser sur sa joue, un jouet :

Alors tu as bien travaillé à l'école ?

C'est tout.

Je ne te demande pas de le trouver mignon mais de t'intéresser à lui ! Tu ne fais aucun effort, c'est une catastrophe !

Il s'est levé, est parti, et l'a rappelée le soir.

… Ton gars, lui a dit Pauline, il a jamais été marié, il a pas eu d'enfant, et il est plus tout jeune, il a pris des habitudes, ça vient de commencer entre vous, si c'est tout nouveau pour Anouar, c'est aussi tout nouveau pour lui, pour toi, c'est facile pour personne cette situation, et puis tu sais qu'il va partir à Paris au début de l'année prochaine, les kilomètres c'est mauvais, mais si c'est solide ça tiendra, sinon il y aura rupture… ce sont pas les hommes qui manquent ! Même s'il y a plus de femmes que d'hommes sur Terre, nous avons pas de souci à nous faire, les hommes sont tous des coureurs, il leur faut plusieurs femmes, la nature est bien faite, elle équilibre.

Vous êtes trop différents, a lancé Malika, c'est un vieux garçon égoïste. Il est dans son monde. Ce n'est pas à cinquante ans qu'il va changer! Moi, lorsque je serai divorcée, et si l'idée me prenait de me remarier, entre un divorcé, un veuf et un célibataire, c'est le divorcé que je choisirais, c'est une situation plus nette, il a rompu avec sa vieille, il a fait table rase, alors que le veuf, s'il a aimé sa femme, comparera toujours sa nouvelle femme avec sa première qui lui apparaîtra sans défaut ou presque, en tous cas, le célibataire, c'est celui que j'épouserais en dernier, c'est ce qu'il y a de plus difficile à supporter pour une femme plus toute jeune et qui a déjà été mariée…

Antoine est venu plus tôt que d'habitude. Il lui a amené des fleurs. Il est assez conventionnel, mais les fleurs feront plaisir jusqu'à la fin du monde. Puis ils sont partis. Léo a lancé : au revoir les amoureux!

Et ils ont fait l'amour jusqu'au soir.

T'avais très envie de moi! Tu t'es déjà masturbé en pensant à moi?

Oui, et j'ai joui encore plus!

Antoine, ça c'est pas gentil!

Ils sont allés à la cuisine et elle lui a offert une bière achetée pour lui.

Je voudrais tant partir avec toi, Anouar se fera de nouveaux camarades, je connais bien Paris.

Mais ton institut?

Ça n'a jamais vraiment marché, je ne sais pas comment je paierai le loyer ce mois, je ne te dis pas ça pour que tu m'aides, quelle belle vie nous pourrions avoir!

Ma chérie, c'est trop tôt, et ton fils qui va à l'école ici, pense à la peine qu'il aurait de devoir quitter la petite Sarah.

Et la peine que tu me fais en me quittant, y as-tu pensé?

Mais je ne te quitte pas, je viendrai aussi souvent que possible et tu pourras aussi venir à Paris, je veux te connaître, il nous faut du temps pour ça.

Antoine, ceux qui disent qu'il faut du temps pour se connaître ce sont ceux qui ne veulent pas s'engager! Ceux qui s'aiment, ils vivent ensemble! Si je n'avais pas d'enfant, tu vivrais avec moi?

Il n'a rien répondu.

Au fond, ça t'arrange que je sois mère... tu n'y as jamais cru à notre histoire... Antoine, aimer, c'est être deux à aimer!

Il a baissé la tête.

Tu seras toujours un vieux garçon égoïste!

Il s'est levé d'un trait.

Je rentre.

Il n'a pas parlé fort. Il ne semblait nullement énervé. Il a filé vers la porte.

Les ruptures rendent plus amoureux que les coups de foudre. Peut-être qu'inconsciemment on rompt quand il y a moins d'amour, non pas pour annuler ce qu'il en reste mais, tout au contraire, pour retrouver plus d'intensité, à la manière de celui qui souffle sur les braises d'un feu qui va s'éteindre. Mais le feu presque éteint de l'amour est le plus difficile à rallumer.

Elle a couru et s'est jetée sur lui : non!

Il l'a repoussée, elle a glissé, s'est cogné la tête contre le mur.

Elle a entendu la porte de l'appartement se refermer.

Tout est devenu subitement glacial, sans couleur, des murs seulement, plus de vie, plus de son, toute la maison déserte, depuis la cave jusqu'au troisième, disparus Pauline, Sarah, le chien et l'Albanais, plus personne aussi dans les autres maisons, dans tout le quartier, dans toute la ville, dans tout le pays, sur la Terre entière où il n'errait même plus puisque disparu de son monde, du monde, et elle n'était plus que chair, tout son corps désarticulé... on ne se reverra plus jamais, il en aimera une autre, il fera l'amour avec une autre, haine de toutes les femmes du monde... et la table, les chaises, le calendrier, le frigo qui fait du bruit, l'évier rempli de vaisselle, et aussi les gouttes tombant du robinet, disparaissaient, même le jardin vu de la fenêtre, le linge suspendu parce qu'il avait fait beau, les maisons d'en face, toutes les maisons, tout le quartier, la route et ses voitures, le trolley, les ponts, les rails des chemins de fer, la gare et ses trains, la ville, le lac, Ouchy, l'hôtel d'Angleterre, le Beau-Rivage, pour la laisser seule au monde, sans aucun Dieu pour l'aider, mort à cause de nous, mort sans être enterré, le pauvre, pas même de sépulture pour le grand maître de cérémonie universelle, n'était donc plus que le diable pour lui donner un coup de main, il ne se décourage jamais, il n'a jamais peur, il ne pisse jamais dans son froc, il séduit toujours, il gagne toujours, depuis le début, il s'est tapé la mère Ève, il existe pour séduire, il doit être le meilleur amant du monde, viens queue rouge que je te suce et que j'avale ton sperme noir qui se faufilera dans mon sang et tapissera le dessous de ma chair et me rendra Africaine, je serai la sœur de Pauline, et je ne vivrai plus que pour jouir... mais elle a regardé, sans savoir pourquoi, l'armoire vitrée où il y a le service à thé bleu que Malika lui avait offert, tasses, sous-tasses, théières, pot à lait, sucrier, objets reçus, avec le grand miroir, lors du partage au moment de sa séparation, le service à thé bleu ! Un cadeau ! Pour moi ! On peut donc m'aimer, on m'a aimée, on m'aimera à nouveau, tout revient, même l'amour, mais c'était ma sœur, c'est plus facile d'aimer sa famille, c'est naturel, on ne se pose pas trente six mille questions, l'amour est donné dès le début, il est là, on ne le recherche pas, on ne cherche pas à savoir s'il existe ou non, on ne se demande pas si l'on aime papa, maman, ses sœurs, j'adore Anouar, c'est comme ça... et au moment où elle s'est dit qu'elle allait éclater en des milliers de lambeaux retombant sur le carrelage, elle a senti qu'une petite force – elle ne savait où – était restée intacte, signe que la douleur la plus vive n'atteint jamais l'entier de l'être, et elle était toujours debout, se précipitant alors au dehors, retrouvant Antoine devant l'entrée de l'immeuble, qui l'attendait, ne pensant qu'à elle, ne voulant qu'elle, souffrant comme elle... et ils se sont embrassés comme des fous, sans plus se parler.

Jusque tard ils ont essayé de nouvelles positions. Il lui a demandé de se mettre sur le dos, nue devant le grand miroir de sa chambre, de lever ses jambes le plus haut possible. Il a posé son menton sur son sexe noir, entre ses jambes écartées, l'appuyant pour l'enfouir dans ses poils. Il s'est regardé dans la glace : ma mère a raison, la barbe ne m'irait pas.

Omar a appris qu'elle avait quelqu'un. Anouar le lui a dit. Il faisait une de ces têtes ce dimanche en le ramenant. Il a regardé Antoine avec mépris et est allé avec le petit dans sa chambre où il a déposé ses affaires.

Tu devrais lui dire de ranger sa chambre, c'est un vrai bordel! Je m'en vais, la prochaine fois tâche d'être à l'heure quand je viens le chercher.

Il est sorti, faisant comme si Antoine n'existait pas, ne lui adressant pas la parole, disant, sur le pas de la porte :

J'allais oublier, je ne pourrai probablement plus le prendre à partir du mois prochain, durant quelques mois, je dois suivre un cours de recyclage organisé par l'entreprise, à l'autre bout du pays.

Elle l'a regardé.

Comment ai-je pu aimer, adorer cet homme devenu stupide et moche, qui a attrapé un de ces bides et qui a perdu ses cheveux!

Elle lui embrassait les doigts de pied, au début de leur mariage, le soir quand il se vautrait dans son fauteuil pour regarder la télé et se goinfrer de pâtisseries qu'elle lui avait préparées.

Il ne sert à rien d'avoir des regrets. Les regrets, c'est pour les médiocres.

Antoine est sorti pour parler à Omar.

... Votre enfant a besoin de vous ! lui a-t-il lancé, vous devez exercer votre droit de visite, c'est votre fils !... c'est dans son intérêt !

Dans son intérêt ou dans le vôtre ? Alors, Maître, vous sortez avec les femmes de vos clients maintenant, je vais vous faire une de ces publicités, vous croyez que je vais me précipiter le premier et le troisième week-end du mois de Berne à Lausanne pour que vous vous envoyiez en l'air avec ma femme !

Il avait dit ma femme. Et pas moyen pour Antoine de placer un mot.

Une femme qui fait pipi au lit, c'est tout ce que vous avez trouvé ! Méfiez-vous des femmes arabes, elles sont toutes intéressées, il n'y a que l'argent qui compte pour ma femme, elle n'a aucun sentiment, elle est méchante, et attention à ce qu'elle vous fait à manger, n'avez-vous pas entendu parler de magie noire ? Je sais de quoi je parle, j'ai dû me faire soigner longtemps à cause d'elle, on voit que vous ne connaissez pas les femmes arabes, elle est rayée de ma vie, pour moi elle est morte ! Vous êtes bien avec elle, alors occupez-vous aussi de son gosse !

Il l'a vu s'en aller avec sa démarche d'ours mal léché.

Il raconte n'importe quoi, a dit Nadia, tu ne vas pas tout faire foirer entre nous à la première vague ! Et je ne suis pas Arabe, mais Berbère ! Pour toi c'est la même chose, je viens d'un pays arabe, donc je suis une Arabe, c'est tellement plus facile de ne pas chercher à connaître la vérité !

Le même soir, elle a parlé avec Pauline qui lui a demandé :

Antoine, il représente quoi pour toi ?

Il n'est peut-être pas l'homme de ma vie, mais l'amour de ma vie. Je suis capable de le suivre jusqu'au bout du monde, de renoncer à d'autres enfants rien que pour le garder, tout faire pour ne pas le perdre, et tant pis s'il ne veut pas m'épouser, après tout ce n'est qu'un morceau de papier, être près de lui, un jour peut-être il me quittera pour une autre, une plus belle, une plus jeune, une qui ne fait pas pipi au lit quand elle a des problèmes, qui n'a pas de gamin, qui n'en veut plus, qui a des ronds, qui lui fiche la paix s'il veut être seul, mais assez salope pour qu'il n'ait pas envie d'aller baiser ailleurs, une bonne baiseuse comme moi, qui le suce bien, qui le branle parce qu'il aime ça aussi, et je lui ai dit un jour : si tu veux qu'on baise à trois avec Pauline, elle serait sûrement d'accord.

Mais pas du tout ! T'es complètement folle de lui avoir dit ça ! Tu sais, si tu fais tout ça parce que tu as peur de le perdre, tu le perdras ! Aucune femme au monde n'a jamais pu retenir l'homme qui ne voulait plus d'elle ! Tu es trop passionnée, ça te perdra, enfin il va bientôt partir pour Paris, ça sera très bien pour tous les deux, nos sentiments sont souvent bien moins forts que ce que l'on pense, la séparation, la distance, nous le font vite comprendre.

Tu m'énerves, et qu'est-ce que tu sais de l'amour ! lui a lancé Nadia.

Pauline l'a trouvée belle en colère.

… tu as de beaux yeux, noirs comme du charbon.

Je tiens ça de papa. Du charbon ? Le charbon salit, ce

n'est pas beau le charbon, c'est triste, tu n'aurais pas un autre mot? Tu me sors parfois de ces choses!

Tu es très belle ce soir.

… Dis donc Pauline, tu ne serais pas en train de me draguer?

Je peux pas te dire que tu es belle?

Tu peux le dire, mais pas comme ça.

Alors comment?

Elle a tourné la tête et a mis son gâteau au four. Et Pauline est partie.

Ce dimanche de décembre, il y avait de gros nuages. Antoine a dit : il est beau le ciel. Elle a regardé. Elle a trouvé triste. Ils sont descendus à Ouchy prendre le bateau pour Évian. Durant la traversée, elle était avec Anouar qui avait pris son grand cahier et ses crayons de couleurs. Elle lui a demandé de lui nommer les animaux qu'il coloriait, ayant toujours un œil sur Antoine se promenant le long du pont. Il observait la rive qui s'éloignait. Elle a reconnu le Château de Chillon, tout petit. Elle a repensé à leur première sortie d'il y a trois mois. Il lui a semblé que c'était plus vieux. Les sentiments modifient le temps.

En débarquant à Évian, elle a remarqué beaucoup de décorations. Elle avait peur d'être seule à Noël. C'était la première fois qu'elle visitait Évian. Elle n'a pas trouvé beau.

Antoine y était déjà venu. Il s'est arrêté devant l'hôtel de France. Il y avait séjourné avec ses parents au début des années soixante. Elle n'était alors pas encore née et Antoine déjà un adolescent.

Qui aurait pu dire que quelque quarante ans plus tard ils seraient ensemble à Évian devant l'hôtel de ses parents ? Personne, pas même la meilleure voyante du monde.

Mon père avait été en cure ici.

Que ça doit être ennuyeux de boire de l'eau toute la journée dans une ville où il n'y a rien à voir, a lancé Nadia.

Elle a regardé Antoine. Il paraissait fatigué, il était pâle, ils avaient fait l'amour jusque tard dans la nuit. Ils ont pris un café et des pâtisseries, un sirop pour son petit bonhomme, un joli restaurant près du centre. Antoine ne disait pas grand-chose. Elle lui a demandé :

Qu'est-ce que tu fais à Noël ?

Je ne sais pas encore.

... Ce n'est pas une réponse... si tu veux arrêter avec moi, dis-le maintenant.

Anouar est resté bouche bée, son verre à la main. Il commençait à s'attacher à Antoine qui a répondu :

Le bateau va bientôt partir.

Antoine de quoi as-tu peur ?

De ne pas aimer.

Tu ne m'aimes plus ?

Ce n'est pas ça.

Alors c'est quoi ?

Je vis seul depuis longtemps, parfois ça me pèse d'être avec toi, mais tu me manques si je suis éloigné de toi.

...Tu ne bandes qu'avec moi, non ? Tu penses trop, la réalité te fait peur, tu te réfugies dans ton imaginaire d'où tu peux toujours sortir indemne parce que c'est un monde où tu es tout seul, sans femme et sans enfant, sans ennemi, sans ami, seulement des dieux vagues qui t'aiment bien mais qui ne peuvent t'aimer vraiment car ils n'existent pas.

Arrête s'il te plaît ! Il faut partir, le bateau !

Tu as peur ?

J'ai peur de rater le bateau.

C'est bien ce que je disais, tu as peur, peur de la réalité !

Il a appelé la sommelière, a regardé sa poitrine sous son chemisier clair, puis a réglé. Dehors, elle lui a dit :

Elle te plaît bien la jeune fille qui nous servait, ça t'excite toujours les grosses poitrines, t'aimerais que j'aie de plus gros seins mon chéri ?

Il a souri. Elle se sentait mieux. Il a pris sa main et ils sont allés vers le port. Anouar les a quittés pour traverser la rue. Il a vu un magasin de jouets. Une voiture est arrivée. Elle a eu très peur. Elle a couru vers son petit et l'a pris dans ses bras. Antoine a fait des signes à l'automobiliste : vous n'êtes pas fou de rouler à une vitesse pareille en pleine ville. Quelqu'un s'est écrié : il est cinglé ce conducteur ! Devant la vitrine, elle a demandé à Anouar ce qu'il voulait pour Noël. Tout ! a-t-il répondu.

Nous n'avons pas beaucoup de temps, a lancé Antoine, le bateau n'attend pas et il n'y en a plus après.

Elle espérait le manquer, passer la nuit ici, s'embrassant, mais sans faire l'amour car son petit bonhomme serait avec eux, pas question de le laisser dormir seul dans une chambre d'hôtel.

Elle a détesté le retour. Elle est restée avec Anouar qui a continué à colorier ses animaux et Antoine a continué sa visite du bateau. Elle avait envie de lui dire : mais tu dois le connaître, tu t'y es promené durant tout l'aller, tu t'ennuies tant avec moi ?

Il ne les a rejoints qu'à Ouchy où elle lui a demandé :

Alors, c'est fini ?

Il l'a prise dans ses bras, embrassée devant tout le

monde. Quelqu'un derrière eux a fait : allons, allons avancez, vous ferez vos mamours plus tard !

Anouar l'a tirée par le bras. Sitôt au parking, Antoine l'a serrée à nouveau contre lui, embrassée, leurs langues faisant les folles dans leurs bouches. Elle sentait son sexe durcir contre son ventre, elle était toute mouillée. Son petit bonhomme courait autour d'eux, tirant leurs manteaux. Il faisait nuit. Elle a regardé les ampoules dans les arbres bordant la route du lac.

C'est bientôt Noël, mon amour !

Il a regardé aussi. Des fruits d'or suspendus aux arbres, a-t-il dit.

Des fruits d'or ? Tu es poète mon chéri ?

Elle voulait qu'il l'embrasse partout.

Elle n'a pas pu payer la location des deux derniers mois. Léo lui a dit : Rome ne s'est pas construite en un jour, il faut du temps pour développer une affaire, tu devrais faire plus de pub.

Malika s'est renseignée auprès du jeune publicitaire et a donné rendez-vous à Nadia dans un café de la place Saint-François.

Tu es certainement la meilleure esthéticienne de la ville, mais la plus mauvaise commerçante que je connaisse ! Il te faudrait dix mille francs et ça pourrait marcher. Demande à Antoine, il gagne assez. Il peut bien faire ça pour toi.

Non, ça me gêne, enfin peut-être que oui, seulement s'il n'y a pas d'autre solution, papa disait que l'argent divise les gens, je ne veux pas le perdre.

Notre cher papa était d'un autre temps, c'est plus comme ça aujourd'hui, on s'aide, on est plus direct, si ça marche tant mieux, sinon tant pis, on ira voir ailleurs, on ne veut plus perdre son temps pour quelques beaux principes complètement dépassés, et qui, de toute façon, n'ont jamais servi à rien sinon à empêcher à la société d'aller vers un monde plus juste… demande à Jeannot, tu sais que tu lui plais, je suis certaine que si tu couches avec, il te prêtera, les hommes sont tous les mêmes, pourquoi hésites-tu, il est mignon et tu es libre.

Libre, moi ? Et Antoine ? Il existe Antoine !

Vous n'êtes pas mariés, tant qu'on n'a pas la bague au doigt tout est permis !

Tu me fais penser à Pauline.

Nadia, ce n'est plus comme avant, tu parles toujours avec ton cœur, j'ai envie de te dire que tu parles du cœur comme on dit de certains qu'ils parlent du nez, tu es trop sentimentale, moi, s'il m'aidait ton petit jeune homme, je n'hésiterais pas à faire l'amour avec lui, il est mignon, chacun y trouve son compte, l'amour, c'est comme les affaires, il faut savoir saisir le bon moment sinon l'affaire nous échappe !

Il n'y a pas d'amour entre cet homme et moi !

Entre homme et femme, c'est toujours quelque part de l'amour, même entre une pute et son client, elle le tutoie, c'est déjà une relation un peu sentimentale.

Il est joli garçon… il est trop maigre, je n'aime pas les maigres.

Ton Antoine, s'il tient vraiment à toi, il te les avancera ! Il t'a déjà aidée et ne t'a jamais rien demandé. Qu'est-ce que tu risques ? Si c'est non, laisse-le tout de suite tomber !

Ta patronne, elle ne pourrait pas ? Je suis ta sœur et tu as beaucoup fait pour sa boutique.

Ma patronne ? Tu rêves ! Elle est d'un pingre, elle tondrait un œuf, tu te souviens lorsqu'on réparait les canalisations devant son magasin, on disait qu'elle avait demandé qu'on ouvre la chaussée parce qu'elle avait laissé tomber un franc dans une bouche d'égout.

Avant de rentrer, Nadia a eu envie de descendre à Ouchy.

Elle est allée regarder les magasins, les enseignes lumineuses, les vitrines. Elle a revu l'immeuble avec les rideaux rouges. Les filles qui font ce métier gagnent beaucoup. Et si elle aussi ? Ça arrangerait sérieusement ses affaires. Mais avec l'argent facile, il y a les risques de l'engrenage, sans compter ceux de maladies. Elle a pensé à son petit bonhomme. Orphelin ? Elle a eu peur. Elle est repartie et a passé la soirée chez Pauline. Shaip avait préparé une spécialité albanaise.

Tu aurais dû amener Malika.

Elle avait un rendez-vous.

Elle a quelqu'un maintenant ?

Je ne sais pas vraiment, elle m'a seulement dit : il est Marocain, je t'en parlerai une autre fois. Elle était pressée.

Elle a bien raison ! Il faut vivre !

Shaip les écoutait. Son repas était infect. Il a regardé Nadia.

C'est spécial, lui a-t-elle lancé.

Les enfants n'en ont pas voulu et elles leur ont fait des tartines. Puis ils ont tous regardé la télé.

Antoine reste souvent au bureau à midi. Il y a peu de téléphones. Elle n'était pas certaine de le trouver. Qui n'essaie rien, n'a rien. Elle s'est souvenue de cette phrase.

A l'entrée de l'immeuble, la réceptionniste l'a renseignée : au troisième, l'ascenseur est au fond du couloir. Elle a préféré monter à pied. Il lui semblait que c'était plus rapide. Le temps passe plus vite quand on est en mouvement et que c'est son propre mouvement. Elle a frappé et est entrée. Il s'est levé de son fauteuil et s'est précipité vers elle, l'a embrassée sur la bouche puis sur l'oreille, glissant sa langue à l'intérieur, ce qui lui donnait des frissons dans toute l'épaule. Il l'a regardée, la serrant contre lui : à cette heure, ils sont tous partis manger, il n'y a personne.

Elle est allée tirer les rideaux et s'est mise toute nue. Il a pris le téléphone :

Je ne veux être dérangé sous aucun prétexte.

Ils se sont couchés sur le tapis. Il lui a léché le sexe et elle s'est retenue de crier.

C'est fou ce que tu mouilles aujourd'hui, c'est beaucoup plus salé que les autres fois, tu as mangé quelque chose de spécial ?

Mon amour, le tapis, ce beau tapis d'Orient, je vais

tout le salir.

C'est le tapis de l'État, pas de souci à te faire, l'État est là pour le bonheur de ses habitants, c'est bien connu, il veut ton bonheur, je vois que tu adores toujours ça… imagine que quelqu'un entre.

Cette idée l'excitait et son orgasme a été fort. La laine du tapis était toute mouillée. Il s'est mis sur le dos, elle l'a sucé, il a éjaculé très vite dans sa bouche et elle a tout avalé.

C'est plus chaud que d'habitude, tu avais très envie de moi !

Quelqu'un a frappé.

Il s'est levé d'un trait et s'est rhabillé après lui avoir embrassé le bout des seins. Il a ouvert la porte. Il est sorti. Elle l'a entendu parler un instant : c'est très bien, c'est très bien.

Il est revenu et a refermé la porte.

Dis-moi ce qui ne va pas ?

J'ai beaucoup hésité à t'en parler, tu as déjà fait tant pour moi, mais il faut que tu m'aides.

Elle l'a vu pâlir.

Tu es enceinte ?

Il a regardé son ventre.

Enceinte ? Si seulement mon chéri, mais je ne ferais jamais un enfant derrière ton dos, je ne suis pas folle.

Alors c'est quoi ?

J'ai besoin d'argent.

Combien ?

Dix mille francs, pour mon institut, ça va marcher, c'est certain, mais je dois absolument investir dans la pub, je dois me faire connaître, et puis je te rembourserai, tu peux compter sur moi.

Dix mille francs, c'est beaucoup.

Son visage s'est crispé. Elle lui a lancé :

Avoue que ça te dérange, tu es dans tes petits souliers !

Ce n'est pas ça, as-tu vraiment besoin d'autant ?

Le téléphone a sonné. Une aubaine pour lui, un temps de répit, la fuite momentanée, le sursis du condamné.

Chérie, peux-tu m'attendre à la cafétéria ?

Ça ne me dérange pas d'attendre ici.

Comme tu voudras.

Son ton a changé.

Il faut battre le fer tant qu'il est chaud. Aussi une expression revenue dans sa tête.

Il l'observait et elle le fixait sans cesse.

Il ne va pas s'en tirer comme ça mon joli cœur ! Il sort avec moi, fait l'amour avec moi, l'intimité donne des droits, et il ne m'aiderait pas ? Une honte pour un homme dans sa situation et qui parle parfois du bon Dieu. S'il y croyait vraiment, il n'aurait pas hésité puisqu'il affirme que c'est un Dieu d'amour. Mais Dieu, c'est les autres, ceux qui nous aiment, nous aident.

Assez vite il a dit :

J'ai une importante séance tout à l'heure, puis-je vous rappeler en fin de journée ?

Et il a raccroché.

C'est non ?

Je n'ai pas dit ça.

C'est oui !

Je n'ai pas non plus dit ça.

Tu fais l'avocat avec moi maintenant ! Tu m'aimes donc si peu.

Il ne faut pas tout mélanger ! Tu le sais, je n'aime pas

prêter, je veux bien t'aider, mais enfin dix mille francs, c'est beaucoup.

Elle lui a lancé en plein visage, comme une paire de gifles :

J'ai compris !

Et elle est partie en claquant la porte. Pendant un bon quart d'heure elle est restée devant l'entrée de l'immeuble. Papa avait raison : l'argent divise les gens.

Il n'est pas descendu de son bureau et elle est rentrée. Toute la soirée elle a gardé son portable près d'elle. L'envie de l'appeler lui brûlait les doigts. Elle ne pouvait pas dormir et se disait : je l'aime.

Quelques jours après, Antoine est allé remettre à Malika une enveloppe pour Nadia. Elle contenait cinq billets de mille francs et une petite lettre.

Alors ? lui a demandé Malika.

Le salaud ! Il est parti !

Elle éprouvait amour et haine. Impossible de dire qui avait la plus grande part. Étrange et très fragile point d'équilibre.

Antoine devenu tout noir dans sa tête ou plutôt un trou noir laissé par lui. Quelque part il n'existait plus. La douleur cependant. Vilaine petite bête qui monte, qui monte, qui monte sur la paroi rouge de son cœur et qui ne tombe pas, qui s'y incruste malgré les battements comme de l'eau qui bout. Heureusement qu'il y a les larmes. La douleur serait pire sans. Les larmes pour éteindre ce feu violet qu'est la douleur. Les larmes, naines, pompiers minuscules vêtus d'habits transparents. Malika ma sœur, tu ne verras rien venir. Comme à l'enterrement de papa. Pas de larmes dehors, toutes dedans, chaudes. Gardées précieusement, presque protégées, pour plus tard, chez elle, seule, tout son visage enfoui dans son coussin.

Les larmes sont les seules choses apaisantes que le corps soit capable de créer, tout le reste n'est que douleurs : maux de tête, de ventre, de dos, de dents, la chair qui vieillit, la vue qui baisse, le monde de moins en moins visible, toute netteté finissant par disparaître, celle de la voix aussi…

Tout est fini entre nous, il me le paiera le salaud !

Ma grande, il me semble qu'il a déjà pas mal payé.

Garde tes stupides jeux de mots pour toi ! Tu n'as rien compris ! Il s'est bien fichu de moi.

Malika lui a pris la main.

Tu ne vas pas te mettre dans un état pareil pour un homme que tu connaissais à peine. Je ne peux pas rester, j'ai profité de ma pause pour venir t'apporter cette enveloppe. Je passerai chez toi ce soir et embrasse bien ton petit monstre.

Malika, ne dis plus jamais ça ! Ce n'est pas un petit monstre, c'est mon petit bonhomme à moi, tu comprends, mon petit bonhomme à moi !

Le même soir, Malika est venue avec un gâteau. Elle a mangé chez eux. Après le repas, Nadia a demandé à Pauline si elle voulait partager le dessert. Elle était déjà au lit.

Je suis crevée, tous ces nettoyages de bureaux qui ferment durant le pont, ça m'a tuée, on se verra demain, t'en fais pas, il en valait pas la peine, de toute façon ça pouvait pas marcher entre vous, vous étiez beaucoup trop différents, je te l'ai dit dès le départ, et puis il y a bien assez d'hommes sur Terre, je t'embrasse ma chérie.

Elle a entendu un long bâillement. Anouar a regardé quelques dessins animés et Malika lui a lu une histoire dès qu'il est allé au lit. Il s'est endormi vite.

Puis elles se sont couchées. En pleine nuit Nadia a entendu la sonnette de la porte. Antoine revenu avec les plus belles roses de la ville ! Mais à peine une jambe hors du lit que le rêve a disparu. Il y a des beaux rêves qui deviennent des cauchemars au réveil. Si elle n'avait pas rêvé, elle aurait moins souffert. Elle ne voulait plus dormir. Ce n'est pas bon de ne plus rêver. Avec le temps, ça doit rapprocher d'un sentiment de mort. Mais si la mort n'était rien, du vide, du blanc, du totalement léger, de l'espace ajouté à de l'espace ?

Elle s'est levée sans allumer. Malika s'est réveillée.

Nadia, tu ne peux pas dormir ? Tu dois dormir.

Sa toute petite voix. Elle s'est rendormie de suite car rien de grave n'était arrivé, sinon elle serait restée éveillée.

Il faut plus observer qu'écouter les autres quand on a un grand chagrin. Ils savent mieux le mesurer que nous-mêmes et on le comprend davantage en les observant.

Elle est allée au salon. Elle n'a pas regardé l'heure, a mis la télé et a fumé une cigarette. Il y avait un documentaire sur la faune sous-marine, des plantes magnifiques, des bancs de petits poissons bleus qui changent brusquement de direction.

Vivre sous l'eau lui est toujours apparu plus mystérieux que sur Terre où il y a l'air que l'on respire, sans épaisseur, invisible. Mais dans l'eau il faut trouver l'air dans une masse dense et ça lui a toujours semblé demander un effort immense aux poissons. Quand elle aura de l'argent elle fera de la plongée sous-marine. Elle se voit avec Antoine et son petit en vacances dans une de ces îles du Pacifique comme sur les prospectus.

Elle a appuyé sur la télécommande pour savoir quelle heure il était. Une petite montre est apparue en surimpression, comme tombée dans l'eau, entourée de poissons. Deux heures et demie. Elle a pensé à la publicité pour les montres étanches jusqu'à une très grande profondeur. C'est ridicule puisqu'on n'y va jamais.

Après quelques secondes la petite montre a disparu.

Elle avait faim. Elle est allée chercher une orange. En revenant au salon, elle a vu une lumière au premier étage de l'immeuble d'en face. Une lumière rouge comme celle d'Ouchy. Elle s'est approchée de la fenêtre.

Et si ? Occasionnellement. Je fais très bien l'amour. Je pourrais payer toutes mes factures et un beau voyage à Antoine. Il me reviendrait. Il m'a prise pour une de ces petites Maghrébines qui ne songent qu'à avoir des gamins et à être entretenues par leur mari. Mes clients ? De bons Suisses qui en ont parfois marre de bobonne. Des années avec le même cul, ça doit être insupportable. Plus de désir, du dégoût, du rejet. C'est Pauline qui a raison. Le mariage à vie a fait son temps. La nature est toujours plus forte que les institutions. Je pourrais aussi m'acheter de belles robes qui plairont à Antoine. Il ne veut plus de moi parce que je ne suis pas bien habillée. Lui, il est cent pour cent BCBG. Avec ma situation, il perd au change.

Elle a mangé son orange devant la télé. Elle s'est endormie peu après s'être dit : je ne suis pas fatiguée, je passerai une nuit blanche, dans quel état serai-je demain au travail ?

… C'est son petit bonhomme qui l'a réveillée. Il l'a tirée par le bras. Il voulait jouer. Elle avait un peu froid. La télé était encore allumée. C'était l'heure des nouvelles. Malika dormait. Elle a toujours été une grande dormeuse. Nadia a vite repris ses esprits. Extinction de la télé, douche chaude, brossage des dents pour tout le monde, un coup de peigne, déjeuner et départ au boulot sans oublier la bande-annonce pour Noël : Malika, je te ferai un bon couscous et un gâteau au miel et j'inviterai Pauline et sa petite Sarah, Shaip et Saturne, je ne vais tout de même pas avoir les fêtes gâchées à cause d'un homme qui ne veut plus de moi !

Malika n'est pas venue à Noël. Elle était invitée à passer les Fêtes à Berne chez son ami marocain.

… je ne sais pas si ça va durer, c'est compliqué… je t'en parlerai une autre fois… non il n'est pas marié… il est divorcé… il m'a dit qu'il a un enfant… il veut encore attendre avant de me le présenter… il est très sensible son enfant… il est encore petit… il a l'âge d'Anouar… on a tous besoin de secrets… ils sont comme de petits bijoux que l'on garde précieusement à l'intérieur de soi… personne n'a envie de montrer tout ce qu'il aime.

Elle lui a remis un cadeau pour Anouar. Elle a toujours dit qu'elle l'aimait comme si c'était son fils.

Nadia a préparé un Noël tout simple.

Et Saturne n'a presque pas aboyé. C'était sans chichi, tous habillés comme durant la semaine. Shaip avait mis un nœud papillon jaune qui les a fait rire. Ils ont beaucoup aimé le repas de Nadia. Ils ont tous dit que Sarah devenait de plus en plus belle.

Ma fille sera encore plus belle grande ! a lancé Pauline, c'est mon rayon de soleil !

Elle est très fière d'elle. Elle ne fait que des dix. Ce n'est pas comme Anouar. Son institutrice a dit un jour : votre petit, il se donne de la peine et il en a.

Le téléphone a sonné en milieu de soirée. Antoine. Il était à Paris avec sa mère.

Je suis vraiment désolé de ce qui s'est passé, je ne t'oublierai jamais.

Elle n'a pas répondu tout de suite. Il lui manquait. Elle s'est énervée.

T'as fini ton discours de curé ?

C'était très pénible pour moi de prendre la décision de rompre mais c'est mieux pour tous les deux, ma mère te salue bien, nous fêtons Noël ensemble.

Alors reste avec ta mère !

Elle a coupé. Pauline s'est exclamée : t'as bien fait.

Peu après il y a eu un nouvel appel. Antoine ? C'était maman. Les conversations avec maman, c'est toujours assez long. Elle est allée dans sa chambre. Maman était chez Fatima. Nadia entendait les cris joyeux de ses enfants.

Elle a simplement répondu :

Il n'a pas pu venir.

Il te manque ?

Un peu.

Je ne te crois pas, tu es ma fille, je te connais. Tu n'as pas encore trouvé l'homme de ta vie. Tu n'as porté à ton doigt qu'un anneau de sable, un anneau bien fragile, un jour tu trouveras un bon mari, tu porteras un anneau d'or, tu seras très heureuse, il aimera Anouar.

Quand ?

Seul Allah le sait.

Allah, je trouve qu'Il garde beaucoup de secrets pour Lui, mais pour en faire quoi ? Il n'en a pas besoin, je préférerais qu'Il me dise maintenant quand je rencontrerai un bon mari, un homme qui acceptera Anouar, qui nous aimera tous les deux, comme ça j'aurais le temps de m'y préparer, ce serait mieux pour tout le monde, non ?

Ma chérie, tu apprendras, avec le temps, qu'il ne faut rien précipiter. Si, parfois, le Miséricordieux ne répond pas à nos prières, c'est parce que nos demandes sont prématurées.

Puis maman a parlé avec Anouar qui n'est pas resté longtemps, tout occupé qu'il était avec ses nouveaux jouets. Fatima est aussi venue au téléphone et lui a demandé comment ça allait à l'institut. Nadia s'est souvenue de la phrase de Léo et lui a dit :

Rome ne s'est pas construite en un jour.

... Nadia, je viendrai te rendre visite l'année prochaine, j'ai reçu une nouvelle voiture, mon mari m'aime à la folie !

Maman dit que Fatima a tout. On n'a jamais tout.

En fin de soirée, Pauline et elle ont fait la vaisselle. Sarah a essuyé. Nadia devait être la dernière de l'immeuble à ne pas avoir de lave-vaisselle. Elle avait refusé une augmentation de loyer.

Un peu avant minuit, ils sont partis. Saturne a aboyé. Il se plaisait devant le sapin tout illuminé. Elle est retournée vers son petit bonhomme qui jouait et l'a pris dans ses bras.

Montre-moi combien tu m'aimes !

Il n'était pas content.

Depuis Noël jusqu'à l'Épiphanie il a fait beau. Pauline a amené la galette de la Fête des Rois. C'était la première fois que Nadia en mangeait. Anouar a trouvé la fève. Les femmes lui ont dit : tu es le roi!

Il s'est tourné vers Sarah : je te choisis pour reine.

Il a posé sa couronne sur la tête de la petite.

Le lendemain il a neigé, puis le temps a de nouveau été beau, ainsi tout le mois.

Mais ses dépenses en publicité ne lui ont pas amené un client de plus. Les factures s'accumulaient. Elle a même reçu une poursuite. Léo a été d'accord de mettre fin à la sous-location pour fin mars si la situation ne s'améliorait pas.

Qu'est-ce que tu vas faire?

Je ne sais pas, peut-être quelque chose dans la vente, mais ça paie mal. Je n'ai plus droit au chômage, je suis devenue indépendante. J'en ai marre.

Elle voulait une autre vie, celle qu'Antoine aurait pu lui offrir s'il l'avait aimée. Elle ne voulait plus travailler à l'institut, ni dans un magasin, ni dans une fabrique, elle voulait être à la maison avec un mari et des enfants. Elle se disait : chacun a sa vie, une seule vie, un seul destin, on ne peut rien faire contre…

… et elle a mis une annonce, a reçu quelques réponses et fait des rencontres. Rien de très intéressant, des hommes qui cherchaient des aventures. Comme elle n'avait pas fait l'amour depuis plusieurs semaines, elle en a accepté une avec un homme plutôt bien de sa personne, c'est-à-dire ni beau, ni moche, mais soigné et aimable. Il avait l'âge d'Antoine et lui ressemblait, quoique plus gros. Son prénom était distingué : Imre-Georges. Il a été clair : je suis marié. Sa femme avait eu un accident et ne pouvait plus avoir de relations sexuelles. Elle avait tout essayé, même la médecine chinoise dont il vantait les mérites. Chaque année, le couple allait en vacances en Chine. Il dirigeait une fiduciaire lui appartenant. Il invitait souvent Nadia au restaurant. Ils faisaient l'amour dans son deux pièces loué près de la gare. Il y avait logé, un temps, une jeune maîtresse, une Asiatique très belle. Il l'appelait sa petite perle jaune. Il n'aimait pas les femmes au-dessus de trente ans. Nadia lui a dit en avoir vingt-cinq.

Tu ne me crois pas?… tu veux contrôler… tu veux tout savoir sur ma famille aussi ?

Je ne te demande rien, et ton arbre généalogique, je te le laisse… je suis beaucoup plus curieux de connaître ton arbre gynécologique.

Il aimait aussi la sodomiser. Il la pénétrait délicatement, lui demandait si ça lui faisait mal. Ça lui faisait un peu mal. Il l'appelait sa petite chatte parce qu'elle a beaucoup de poils tout noirs au sexe.

Il était très propre, presque maniaque, douche avant et douche après, sans oublier le savon liquide. Il aimait lui laver le sexe et l'anus. Il lui a fait des cadeaux : des foulards Hermès, des boucles d'oreilles Dior, un tailleur Chanel et même une montre Cartier la dernière fois qu'ils se sont vus.

Elle n'a parlé de lui à personne. Malika et Pauline ont remarqué qu'elle portait de belles choses.

Mes affaires vont beaucoup mieux en ce moment et j'ai rencontré quelqu'un. Il tient beaucoup à la discrétion, tu comprends ça Malika, non ?

Elles étaient un peu jalouses. Il est arrivé qu'elles lui disent ne pas pouvoir garder Anouar.

Certaines femmes veulent le bonheur de leurs amies, mais il ne faut pas qu'il dépasse le leur.

Elles pensaient qu'elle vivait une relation amoureuse. Elle n'était pas amoureuse de lui. Elle ne pouvait oublier Antoine. Même s'il avait été libre, elle n'aurait jamais épousé Imre-Georges. Il lui a demandé : as-tu des sentiments pour moi ? Elle a répondu : on a toujours des sentiments pour les autres, sinon c'est qu'on est mort.

Deux mois après le début de leur relation, il a vendu son entreprise. Il quittait le pays pour s'établir en Chine avec sa femme. Il avait cinquante ans et voulait étudier la médecine chinoise.

Ils ne se sont plus jamais revus. Elle n'a reçu aucune lettre. Quand il n'y a pas d'amour, il n'y a rien.

Personne ne sera étonné d'apprendre qu'Omar revoit son fils. Elle lui a demandé un peu plus d'argent pour lui.

Payer un peu plus, tu rigoles ! Pour que Madame fasse la grande vie avec mes ronds ! T'as qu'à bosser comme tout le monde ! Il paraît que t'es pas toujours à l'institut, ça m'étonne pas que ça marche pas !

Il avait vu sa belle montre à son poignet.

Mais j'ai Anouar ! Je dois m'occuper de lui.

Sauf quand tu t'envoies en l'air avec tes amants ! a-t-il crié.

Omar, nous ne sommes plus mariés, je ne suis plus ta femme, tu n'as aucun droit sur moi !

Ils se sont disputés et il est parti avec l'enfant en claquant la porte.

Elle est descendue à Ouchy où elle avait rendez-vous avec Malika. Elles voulaient aller danser. Pauline les retrouverait plus tard à la discothèque.

Shaip devait rester avec la petite Sarah. Il sait que pour faire la conquête de la mère il faut commencer par celle de son enfant, ce qu'Antoine n'a jamais compris.

C'était un beau début de soirée. Elle sentait les parfums d'avril qui pénétraient en elle, se mêlant à son sang, et elle avait envie de faire l'amour.

Malika l'a appelée sur son portable. Elle aurait du

retard. Une livraison de dernière heure au magasin. Elle devait aider sa patronne à déballer les paquets et préparer les vêtements pour le lendemain.

On se retrouve directement au pub à huit heures avec Pauline, d'accord ?

Elle n'allait pas rester sur la terrasse jusqu'à huit heures. Il faisait encore frais. Elle a payé et est partie faire du lèche-vitrines : robes superbes, bijoux magnifiques, mobilier que l'on doit avoir peur d'endommager si on l'utilise.

Elle est passée devant le Château d'Ouchy où il y avait de belles voitures rouges. Elle a eu peur. On a toujours peur de ce qui nous attire. En face, l'immeuble aux rideaux rouges. Elle a repensé à la belle vie qu'elle avait eue avec Imre-Georges, à son institut qui ne marchait pas, au salaire de misère qui l'attendait si elle devait reprendre un emploi, petite vendeuse dans un grand magasin, tout au bas de l'échelle.

Elle a regardé les rideaux rouges comme un drapeau au sommet d'un bateau ramenant un trésor. Et ce trésor était séparé d'elle par une route où passaient quelques voitures, des barques.

Il y a des moments où, plus ou moins inconsciemment, on souhaiterait avoir un accident pour éviter de faire une grande bêtise. Cet accident n'arrive jamais. Comme si nos bêtises avaient aussi des protecteurs. J'aurais mieux fait de me casser une jambe le jour où je l'ai rencontré, lui avait dit Malika en lui parlant de son mari.

Elle a traversé la route sans faire attention. Elle a eu une sacrée frousse. T'es pas folle ! Crissement de pneus. Vociférations. Non mais, ça va pas la tête ! Elle a entendu klaxonner plusieurs fois, s'est arrêtée et a senti l'avant d'une voiture contre son flanc, au beau milieu de la chaussée. Elle a peut-être failli y passer. Le chauffeur proférait des jurons contre elle. Elle a fini de traverser. Il fallait encore longer le trottoir sur une bonne centaine de mètres. Plus elle se rapprochait de l'immeuble et plus elle avait cette impression que tous les hommes la déshabillaient du regard. Tant qu'ils ne voyaient que son corps, ça ne la dérangeait pas. Mais ils voyaient tout. Elle était arrêtée, jugée, condamnée, expulsée, la garde sur Anouar retirée et confiée à Omar. Derrière les rideaux rouges, elle allait peut-être tout perdre. Elle a avancé plus lentement, sans doute avec la pensée – ce n'était déjà plus vraiment de l'espoir – que ces longues secondes suffiraient pour lui faire changer d'avis. Dominaient toujours plus ces images : son petit bonhomme, Malika, Pauline, Sarah, l'Albanais et le chien, sur la terrasse de l'hôtel d'Angleterre, savourant des coupes glacées avec beaucoup de Chantilly et un grand biscuit planté dans une boule à la pistache, avant d'aller faire un tour le long du lac avec sa belle auto décapotable aux sièges en cuir blanc, ses jolies mains sur le volant en acajou comme le gouvernail d'un beau bateau…

Face à ces images, ses craintes s'estompaient. Sa dernière peur lui permettait de reconnaître qu'elle était devant de l'absolument neuf et de s'en inquiéter encore. Mais sa peur ne savait plus si ce qui était devant elle était bien ou mal, devenant interrogation pure, avant de s'effacer devant la liberté de Nadia de poser son doigt sur la sonnette. La porte s'est ouverte : bientôt j'aurai une belle auto…

… tu pourrais avec un vieux ? ou un obèse ?

Il y a de la beauté en chaque corps, et avant tout, c'est du commerce, dit Nadia. L'ouvrier vend sa force de travail, ses bras, son torse, ses jambes, son savoir-faire, son expérience, il vend son physique pour construire la maison de mes rêves et si ce n'est pas directement sa force physique qui me procure du plaisir, c'est cependant, quelque part, son corps qui est cause de mon plaisir, de ma joie, mais le corps n'est directement cause de plaisir que s'il se met au service non d'une chose mais d'un autre corps qu'il doit faire jouir, et la pute ne vient-elle pas avant l'athlète, car si ce dernier est agréable aux yeux, il ne crée rien sinon de beaux gestes, alors que la pute donne un plaisir total, aux yeux, au corps, la tête plus légère après l'amour lorsque le sperme, qui s'ennuyait dans les bourses, se retournant vingt fois avant l'orgasme, comme on le fait lorsqu'on ne peut pas dormir, jaillit hors du gland, et elle les aide à trouver la jouissance sur l'espace de ses seins, de son ventre tout plat, dans ses mains, sa bouche ou dans le minuscule enclos d'une capote où le sperme va se jeter contre la tapisserie molle et la teindre de blanc… moi, si j'étais pute, dit Pauline, jamais rien avec ma bouche, car avec ma bouche, je mange, ni dans mon cul, car avec mon cul j'évacue ce que j'ai mangé et ça, la bouche, le cul, c'est trop privé pour être prêté… dis donc Nadia, tu filerais pas un mauvais coton, pourquoi nous parles-tu de ça, qu'as-tu fait jusqu'à maintenant, il y a une heure que nous t'attendons, tu vas tout de même pas…

Depuis un mois elle sous-loue une chambre à Mona qui a le sourire énigmatique de celle du célèbre tableau de Léonard. Elle est Italienne.

Nadia arrive à deux heures et part à cinq pour aller chercher son petit bonhomme à l'école.

Si elle tombait sur quelqu'un qu'elle connaît, elle jouerait le jeu. Elle ne serait pas la plus gênée des deux. Les risques sont faibles, la ville est grande.

Je m'appelle Nadia, qu'est-ce que tu veux faire ?

Elle n'a pas changé de prénom.

La prostitution de jour, c'est plus difficile. Il n'y a pas ce halo de fatigue de la nuit qui transforme la relation humaine. Les jeux secrets et invisibles ont alors pénétré dans les espaces des rencontres, les allégeant mystérieusement. Les règles sont moins rigides, le noir nous enveloppe et nous protège avec sa cape vagabonde.

Pourquoi tu fais ce métier ? lui a demandé Nadia.

C'est comme toi, pour de l'argent, et puis j'aime bien les garçons, on parle, on boit un verre ensemble… j'aurais voulu être pharmacienne, mes parents n'avaient pas les moyens… et ce sont de longues études, six, sept ans…

Six ans pour vendre des tubes d'aspirine, quel temps perdu ! s'est-elle exclamée, moi, si j'avais aimé étudier, je serais devenue avocate.

Mona a des jambes superbes. Si elle était actrice, sûrement qu'elle les aurait fait assurer.

Nadia rembourse ses dettes et apprend à conduire.

Et il a bien fallu inventer quelque chose.

Je me suis inscrite à un cours intensif d'anglais. Je parle l'arabe, je suis mignonne et pas idiote, il y a beaucoup d'étrangers sur la riviera vaudoise, je pourrais travailler à la réception d'un hôtel.

… Nadia méfie-toi aussi de ceux qui te disent que tu pourrais faire un autre métier, ce sont ceux qui ne feront jamais rien pour toi, ils disent ça pour que tu leur donnes tout ce qu'ils veulent. Tous n'ont qu'un désir : jouir. On peut faire jouir n'importe qui.

Notre or, c'est leur sperme, non, leur sperme vaut plus que l'or. Imagine tout ce que tu peux t'offrir avec cent grammes de sperme, bien plus qu'avec cent grammes d'or! Dans quelques années, je me tire à la campagne. Je ne suis plus toute jeune, les hommes veulent de la chair fraîche, je devrai fermer boutique mais j'aurai du fric, beaucoup de fric.

Et Mona a baissé sa jupe très serrée et a posé ses mains sur ses fesses.

T'as vu comme c'est encore dur!

Puis elle a soulevé son chemisier noir, et lui a montré ses seins nus, ce ne sont plus ceux d'une jeune fille, d'accord, ils commencent à descendre, mais je ne triche pas, moi, mes seins, c'est du vrai, tu n'as pas idée du nombre de femmes, même très jeunes qui se font… j'ai deux enfants en Italie, je leur envoie de l'argent, moi aussi j'ai été follement amoureuse, Nadia, on est stupide quand on est amoureux, on fait n'importe quoi, on perd la boule, mon lapin, mon chouchou, un langage enfantin qui fait sourire les enfants eux-mêmes… être amoureux, ce n'est pas retomber en enfance, plutôt à côté, mais aujourd'hui ce n'est plus après l'amour que l'on court, c'est après ce qui fait peur, tu comprends, les contes ont cessé de nous faire peur, alors on cherche ailleurs des émotions, et c'est la violence, trop de violence… tu es jolie, mais surveille ta ligne…

Nadia vient de passer son permis et a fermé son institut.

J'ai trouvé un travail comme représentante dans les produits de beauté, j'ai arrêté mon cours d'anglais.

On te regrettera, on t'aimait bien. Léo était triste.

Elle a acheté une belle serviette blanche pour faire croire que. Maman est rassurée. Malika l'encourage. Pauline, voulant plaire à son Albanais, lui a demandé de lui faire un prix pour une crème de nuit. Tout le monde est content et tout le monde est trompé. Il lui arrive d'oublier ce qu'elle fait vraiment.

Dès qu'elle aura assez d'argent, elle partira pour Paris avec son petit bonhomme. Elle y ouvrira un institut de beauté, elle aura les moyens de faire de la publicité.

Cette fois, ça marchera, il y a un temps pour tout et je serai près d'Antoine, je saurai le reconquérir, je lui ferai bien l'amour, il m'aimera, nous vivrons ensemble, tant pis s'il ne veut pas m'épouser, et j'aurai un autre enfant avec lui, une petite sœur pour Anouar qui la protégera et nous serons heureux… tu ne me crois pas Malika ?

Je crois seulement que tu es toujours amoureuse de

lui ! Tu rêves ma grande, tu n'as pas les pieds sur terre ! Il ne t'a plus appelée depuis Noël ! Il a certainement une autre nana, essaie au moins de savoir ce qu'il est devenu, fais un saut à Paris, tu en profiteras pour aller dire bonjour à notre tante, ne lui annonce pas ta visite, surprends-le, mais moi, à ta place, je laisserais tomber. Tu sais que le jeune publicitaire me demande souvent de tes nouvelles, il est sacrément accroché à toi, je suis sûre que tu finiras par l'aimer et vous êtes tous deux dans les affaires…

… demain je vais à Paris, tu peux garder Anouar ?

Demain c'est samedi… téléphone d'abord à l'ambassade, renseigne-toi, il est peut-être absent, enfin tu ne peux pas partir comme ça.

Elle a saisi son portable et a appelé.

Il n'est pas atteignable avant mercredi prochain, en mission à l'étranger, son adresse privée ne peut pas être communiquée, je rappellerai…

… le lundi suivant, il faisait beau et chaud. Un temps estival. Des feuilles partout, les gens habillés comme en juillet.

Le premier client voulait faire l'amour dans de vrais draps.

Je m'appelle Nadia, ici on le fait sur le lit, mon chou.

Il est reparti. Si ça ne marche pas avec le premier, c'est mauvais signe. Plus personne n'est venu. Le temps sans doute, les hommes avaient moins envie. Elle a babillé avec Mona. A cinq heures, ça a sonné et Mona est allée ouvrir. Nadia a reconnu la voix. Elle est sortie du petit salon jaune. Antoine !

Je vois que vous vous connaissez, je vous laisse.

Il paraissait très gêné.

Elle s'est dit : et si je faisais comme s'il était un client ordinaire ?

Elle n'a prononcé qu'un mot, mais un mot de trop : Antoine. Le rituel était brisé.

Ils sont allés au petit salon, même qu'il préférait ailleurs. Elle l'a serré contre elle, l'a embrassé et s'est laissé faire. Elle a senti son sexe en érection. Ils ont fait l'amour dans sa chambre. Il lui a dit : je t'aime. Il jouissait. Elle était heureuse. C'était déjà six heures. Alors elle a appelé sa sœur pour qu'elle aille chercher Anouar : je suis à Genève avec un important client qui m'a invitée à dîner ce soir.

Malika était très contente de pouvoir le garder. Puis Nadia a dit à Antoine :

Chéri, tu viens de faire l'amour avec moi et en même temps avec une pute ! Te rends-tu compte que tu m'as trompée ?

Avec qui ? Avec elle ou avec toi ?

Tu nous as trompées toutes les deux !

… et en étant avec une seule femme, faut le faire !

Elle l'a regardé en fronçant les sourcils comme si elle n'avait pas bien compris. Il s'est blotti contre elle, l'embrassant dans le cou, faisant courir sa langue sur son épaule.

Tu n'as pas peur d'avoir baisé avec moi sans préservatif ?

J'ai surtout peur de ce qui t'est arrivé.

Vraiment ? Ça m'étonne de toi, tu es si égoïste ! Ne te fais pas de souci pour moi, je vais bien, l'institut n'a pas marché, mais j'ai rencontré un type, il a été très généreux avec moi, il est parti et j'ai commencé à aimer l'argent, on finit tous par aimer l'argent... tu m'as manqué.

Il a baissé les yeux.

J'ai beaucoup pensé à toi.

Antoine, penser à quelqu'un ça ne veut pas dire aimer, ça veut dire penser à quelqu'un.

Il l'a regardée à nouveau.

... tu te souviens de l'automne dernier, cette recherche d'un manuscrit inédit de Byron, je l'ai retrouvé, il est à la bibliothèque municipale, j'ai obtenu un congé spécial de mon ambassadeur, mais je dois rentrer à Paris demain matin, je suis descendu à l'hôtel d'Angleterre, tu restes avec moi cette nuit?

Hôtel d'Angleterre, chambre 16, au petit jour... comme dans un film.

La première personne à laquelle on pense en se réveillant est souvent celle que l'on aime.

Comme je voudrais avoir un enfant de toi, mon chéri!

Pourquoi me dis-tu mon chéri?

Quand on aime, on dit mon chéri.

Non, on dit mon amour... Nadia, on aime toujours moins qu'on ne le croit, je suis arrivé au bon moment dans ta vie. L'amour, la passion, c'est toujours une réaction contre le vide, la nature a horreur du vide!

Tu ne veux pas d'enfant avec moi? Ceux qui n'en veulent pas iront en enfer!... tu as quelqu'un?

Non.

Je ne te crois pas!

C'est ton problème.

Voilà la phrase la plus exécrable au monde!

C'est de ta faute!

Je ne veux plus te voir !

Je t'adore !

... Tu te plais à Paris tout seul ?

Il y a souvent des cocktails le soir, je suis rarement chez moi.

Les cocktails, tu aimes ça ?

C'est très artificiel, je suis bien obligé, ça m'amuse d'entendre les gens parler pour ne rien dire, mais il y a la rencontre, se voir, se sentir, c'est plus que les mots. J'habite dans le seizième, j'aurais préféré le septième, le seizième, tard, c'est mort, j'ai un bel appartement tout en haut de l'immeuble, c'est tranquille.

Combien de chambres tu as ?

C'est assez grand.

Pour une famille ?

Oui, pour une famille.

Tu es un égoïste.

Tu te répètes.

Il est allé à la salle de bains.

Elle était au lit et il lui a dit :

Dors encore un peu ma chérie, je m'en vais.

Dormir encore un peu ?

Elle s'est levée, habillée, et ils ont déjeuné. Elle l'a accompagné à la gare où ils sont allés à pied. L'air frais du matin leur faisait du bien. Elle l'a vu monter dans son wagon et est restée sur le quai jusqu'au départ, lui disant : je t'aime. Il ne pouvait l'entendre. Il était debout devant la fenêtre. Elle a fait distinctement le mouvement des lèvres, plusieurs fois, pour qu'il comprenne. Il a posé sa main sur sa bouche, l'a embrassée puis l'a avancée lentement dans sa direction.

Elle aurait tant donné pour qu'il reste ici, avec elle et

son petit bonhomme, au moins près de chez elle.

En sortant de la gare, elle est allée acheter une carte de géographie de la France.

Le soir, elle l'a dépliée, posée sur son lit et s'est endormie, ses mains sur Paris, murmurant tu es tout près de moi, c'est juste à côté, entre nous il n'y a que des étendues d'herbes et des villages, mais un village c'est petit comme un mouton, tu es là.

Elle s'est endormie en répétant cela, en comptant les villages comme on compte les moutons…

Chaque fois qu'elle appelle, la secrétaire de l'ambassade lui dit qu'on ne peut pas le déranger. Chez lui, ça ne répond jamais. Il n'a pas de portable. Il doit être le seul à Paris à ne pas en avoir. Elle est en colère et même jalouse de la secrétaire qui peut le voir, le croiser chaque jour, lui parler.

Il est bien ton gars, a dit Mona, je comprends que tu te sois amourachée de lui, mais c'est bizarre qu'un type dans sa situation ne soit pas marié, quelque chose cloche, enfin on a tous quelque chose qui ne tourne pas rond... s'il n'a jamais été marié à cinquante ans ce n'est pas maintenant qu'il acceptera de se mettre la corde au cou, tu ferais mieux de l'oublier et de te trouver un autre homme.

Elle a rappelé l'ambassade.

Je suis la sœur d'Antoine, notre mère ne va pas bien, le médecin m'a chargé d'un message personnel.

Désolée, chère Madame, mais il est à dix mille kilomètres d'ici, vous ne saviez pas ? Il vient de se marier, il est en voyage de noces dans le Pacifique...

... Il n'y a pas que le temps qui soit un grand médecin, les kilomètres aussi. Nos sentiments ne subissent pas seulement l'usure du temps mais aussi celle de la distance mille et mille fois parcourue par nos émotions amoureuses jusqu'à l'être aimé. Celles-ci finissent par être fatiguées par tous ces voyages.

La souffrance est mystérieuse. Elle ressemble à ces douleurs de dents qui sont parfois insupportables. Elles cessent momentanément puis reviennent. Tout à coup un souvenir, une odeur, un homme croisé en ville, portant le même manteau qu'Antoine. La souffrance est un fauve. Il est là, caché, replié sur lui-même, prêt à bondir. On vit avec. Au début on a très peur que ça ne passe jamais, on a beau nous dire que non, que c'est une question de temps, on ne le croit pas, on n'arrive pas à le croire, même si on a déjà souffert et que ça a toujours fini par passer…

Souffrir, c'est moins l'autre qui ne nous aime pas que la pensée fausse que notre sentiment ne va pas faiblir. On souffre toujours de soi.

… Antoine est revenu après quelques semaines. Il lui a téléphoné.

Ses recherches sur Byron à terminer et il repartait le lendemain.

Il était à l'hôtel d'Angleterre. Même chambre. Il y tenait. Il a insisté. Il l'a obtenue. Il est persuadé que c'est la chambre où dormit Byron. C'est son côté snob. Ça l'aide à vivre.

On peut se demander si les vrais snobs ont un autre côté, chez eux tout semble se tenir sur un seul pan.

Ce n'est pas facile, je suis à Paris, j'ai beaucoup d'obligations, je fais ça à mes moments perdus, on se voit?

Elle avait envie de lui lancer en plein visage : tu veux

me baiser ? Et ta femme, ta jeune épouse, elle est déjà cocue ?

Elle lui a dit :

Je suis redevenue une femme respectable, représentante en produits de beauté.

Au début elle a joué à l'indifférente. Il lui a demandé si elle avait quelqu'un.

Pas vraiment… parfois une aventure… juste pour… je suis une femme normale, pas une nonne, et toi tu as quelqu'un ?

Je n'ai personne, j'ai toujours des sentiments pour toi.

C'est pour ça que tu m'as laissée sans nouvelle pendant des semaines !… on se voit tout à l'heure à ton hôtel ?

Plutôt en début de soirée, je dois encore aller à la bibliothèque municipale, l'inédit de Byron contient des choses extraordinaires, le jour où il sera publié, quel événement ! Ce grand poète était aussi un grand visionnaire !

A six heures ?

Plutôt à sept.

Mais chéri, c'est tard !

Elle avait lâché le mot et a immédiatement ajouté : Oh !

Alors il a dit : tu m'aimes toujours ?

…cinq heures et demie, ce ne serait pas possible pour toi ? J'ai mon fils, je ne sais pas si Malika pourra le garder, la voisine peut-être, mais elle se couche tôt.

Plutôt à six, je dois encore passer chez un libraire.

Je serai là avant…

… Anouar, maman rentrera tôt, lui a-t-elle dit.

Il est allé jouer dans la chambre de Sarah. Elle l'a entendu broncher. Il a fermé la porte à clé. Il fait ça chaque fois qu'il est avec la fillette. Elle n'aime pas. Ne ferme pas à clé! Il désobéit. Pauline en rit. Parfois on entend des cris. On ne sait pas s'ils se battent ou s'amusent. Sarah a reçu un petit ordinateur pour des jeux fantastiques. Elle l'a montré à Nadia.

Je peux faire sortir des personnages de l'écran, c'est pour ça qu'on ferme à clé, on veut les garder dans la chambre, ils sont très intelligents, ils ressemblent à des animaux, ils parlent comme nous, il y en a un qui est très méchant, il s'est caché, avec Anouar on aimerait bien le retrouver pour le faire disparaître définitivement, une fois je te montrerai.

Nadia s'est tournée vers Pauline :

Ce n'est pas sain nos deux enfants qui s'enferment dans la chambre, tu ne crois pas qu'ils pourraient…

Ils sont beaucoup trop jeunes, laisse-les jouer ensemble, ils n'ont pas encore l'âge pour, ne t'inquiète pas, et puis s'ils se caressent un peu, ce n'est pas la fin du monde.

Le portable de Pauline a sonné. C'était l'Albanais.

… oui elle va descendre à l'hôtel d'Angleterre, à cinq heures et demie, elle l'amènera… tu viendras pas trop tard… je t'ai préparé quelque chose de très bon… j'ai aussi acheté ce que tu m'as demandé, tu crois vraiment qu'on aura encore plus de plaisir ?… je t'attends…

Puis elle est allée ouvrir la petite armoire du corridor, y prenant le pistolet et les balles avant de les emballer dans un petit sac en plastique, les remettant à Nadia.

Tu me dois bien ça! Un copain de Shaip sera sur la

terrasse de l'hôtel à cinq heures et demie et tu lui remettras ce petit paquet, il veut s'en débarrasser, imagine que la police trouve l'arme chez moi, il serait immédiatement expulsé, il a pas reçu son autorisation de séjour, il a trouvé un acheteur, il a aussi besoin d'argent, moi je peux pas tout le temps l'aider, son copain tu le reconnaîtras sans peine, il a dc grandes moustaches noires, le teint basané, c'est un Turc, il parle le français.

Nadia a mis le paquet dans son sac à mains. Pauline lui a dit :

Je te trouve pâle ce soir, pourtant tu devrais être heureuse, profite des bons moments, on vit qu'une fois.

Je suis heureuse ! J'ai seulement un peu mal à la tête.

Pauline lui a donné un cachet qu'elle a pris avec un verre d'eau.

Il faut que tu sois en forme, non ?

Elle avait son sourire coquin.

Nadia est allée frapper à la porte de la chambre des enfants. Sarah a ouvert. Anouar était couché sur le sol devant l'écran où défilaient d'étranges animaux poilus traversant une jungle bleue. Elle s'est baissée et l'a embrassé. Il l'a repoussée. Pauline est venue.

De nouveau ces jeux ! Vous allez vous gâter les yeux et les yeux c'est précieux, et oubliez pas de faire vos devoirs pour demain ! Ah ces enfants, toujours devant leur écran !

Puis Nadia est sortie de l'immeuble. Une fois elle s'est détournée, ayant entendu quelque chose. Pauline était devant l'entrée.

J'ai oublié le sac à poubelles, tu es sûre que tout va bien ?

Mais oui !

Elle a pensé : et si je n'allais pas le retrouver ? Il ne viendrait peut-être pas me chercher ici. Ce serait fini pour de bon, mon destin remplacé par un autre destin, comme si nous avions tous plusieurs destins en même temps et qui se chamaillent. Tout compte fait, nous n'avons peut-être aucun destin s'ils s'annulent les uns les autres.

Pauline a crié : ton trolley ! ton trolley !

Elle a couru, le voyant s'arrêter à la station. Il est reparti à l'instant où elle arrivait. Ça a peut-être fait plaisir au chauffeur. Chacun est un peu sadique. Elle a poursuivi la route. Il faisait chaud. Son mal de tête a vite passé. Les jardins des maisons de l'autre côté de la chaussée étaient beaux. L'air était parfumé et coulait agréablement sous ses narines comme s'il n'existait qu'à leur hauteur. Elle avait son air à elle. Elle voyait les Alpes plus proches et elle marchait heureuse. Par instants, elle fermait les yeux. On voit beaucoup de choses les yeux fermés. Son corps dansait avec celui d'Antoine. Elle est descendue à pied jusqu'à Ouchy. Elle était en retard. Plus de Turc, et elle n'a pas appelé Pauline…

… Antoine était dans sa chambre. Elle a frappé, elle est entrée :

Bonjour mon chéri !

Debout près de la fenêtre, vêtu d'une chemise verte, le col ouvert, et d'un pantalon en toile couleur brique, il avait maigri, paraissait fatigué, ses cheveux coupés courts et ça ne lui allait pas. Il tenait une bouteille de champagne à la main. Il ne portait pas d'alliance.

Il l'a regardée, lui a souri.

Tu ne veux pas m'embrasser aujourd'hui ? lui a-t-elle demandé.

Il s'est approché et l'a embrassée :

Assieds-toi, j'ai des choses à te dire.

Il a rempli les deux coupes et lui en a tendu une. Il tremblait un peu. Il a vidé son verre et s'est assis. Comme la lumière du soleil le dérangeait, il a tiré le rideau. Il était pieds nus. Elle a toujours aimé ses pieds.

Tu n'as rien à me dire ? a-t-elle lancé.

Oh excuse-moi ! J'ai oublié de faire santé.

Et il a levé son verre vide. Puis il a appuyé sa tête sur le dossier et a croisé les jambes.

Tu ne parles pas ? Je sais tout ce que tu vas me dire et même ce que tu ne veux pas me dire.

Ah ?

Elle s'est recroquevillée et a pris une voix de fillette.

C'est mon petit doigt qui me l'a dit !

N'ai-je été qu'un rêve pour toi ?

Qu'est-ce qu'un rêve, mon chéri ?

Ce qui t'est apparu préférable à ta réalité, ce n'est toujours qu'une autre réalité, un monde meilleur pour toi, moi, ma situation.

Alors tout est rêve ?

Tout est rêve !

Et notre amour ?

Quel amour ?

Mais enfin Antoine !

C'était bien, mais la sexualité, ce n'est pas l'amour, c'est la sexualité.

Elle l'a observé. Quelque chose de sa beauté avait comme subitement disparu. Elle ne savait pas quoi.

Malgré l'agitation de son cœur, une absence de doute

en elle. Une vérité venait d'être dite et toute vérité sait rester elle-même. Il ne l'aimait pas, il ne l'avait jamais aimée, et c'était plus douloureux que s'il ne l'aimait plus. Elle avait très mal. Partout. Car on est physique, on est matière, eau, sang, os, chair, et c'est toujours elle qui se révolte, nos organes si sensibles aux mots que comprend la tête, de la matière aussi. Elle a senti comme de l'eau monter rapidement tout le long de son corps, le recouvrant, lui coupant le souffle. Elle voulait souffrir avec mépris, devenir un animal aux pattes de derrière appuyées sur la moquerie de soi, celles de devant sur la force du rejet. Elle a saisi son sac à mains avant de se précipiter à la salle de bains où elle a vomi. Puis elle s'est rincé la bouche. Antoine a téléphoné pour une infusion. Devant le miroir, elle a remis un peu de rouge. Elle a mal refermé son sac. Quand elle est revenue dans la chambre, il s'est rouvert. Le canon du pistolet était visible. Elle l'a sorti pour le remballer.

T'es pas folle ! s'est écrié Antoine.

Il s'est précipité sur elle. Ce n'était plus lui mais cet animal vu une heure avant sur l'écran, dans la chambre de Sarah, des yeux immenses. Elle lui a crié :

N'avance plus ou je tire !

Il était sur le point de la saisir. Elle a appuyé sur la gâchette. Le bruit a été terrible. Il a poussé un cri et s'est plié en deux, ses mains sur son ventre.

Tout l'hôtel a dû entendre. Le personnel allait venir se saisir d'elle.

C'est un accident, c'est un accident ! vous dis-je.

Ils ne la croiraient pas. Il est tombé sur le tapis, lâchant sa coupe qui a roulé jusqu'à la fenêtre, pas même fendue, comme si rien ne s'était passé.

Il y a eu un grand silence.

Elle a entendu les trois coups de sirène d'un bateau entrant au port. Et elle a vu un cercle rouge grandir sur sa chemise.

Il faisait chaud dans la chambre.

Elle a mis une photo d'Anouar au-dessus de son lit. Il a été placé chez son père, à Berne. Au réveil c'est le visage d'Anouar qu'elle voit. Elle aimerait le toucher, l'embrasser, jouer avec lui. Si ses vœux étaient exaucés, elle ne serait pas meilleure maman qu'avant.

Depuis un mois, elle est en détention préventive.

Elle travaille aux cuisines avec une Russe qui parle peu et qui apprend seule le français. Elle s'appelle Tania. Nadia ne sait pas pourquoi elle est là. Le geôlier n'a pas voulu le lui dire. Elle a une petite bouche, des yeux verts, légèrement bridés, et des cheveux couleur paille.

Elle a l'autorisation de voir son fils une heure chaque semaine. Il vient avec Malika le samedi après-midi.

Il ne lui parle pas beaucoup. Il n'a jamais été très bavard. Elle lui a dit :

Maman va bientôt rentrer à la maison.

Il a répondu :

C'est pas vrai, papa dit que tu vas rester ici très longtemps parce que tu as pas été gentille.

Malika pense que ce n'est pas bon pour lui de venir à la prison.

Le psychologue est d'avis qu'elle doit conserver une relation avec son fils.

Elle a reçu une belle lettre de maman qui voudrait la

voir.

Elle n'a eu aucune nouvelle de Pauline qui lui en veut certainement. L'Albanais a été interrogé par la police et expulsé avec interdiction d'entrée durant dix ans. Elle l'avait dans la peau. Elle l'aimait.

On aime avec son corps, le spirituel c'est bon quand on ne désire plus, quand il n'y a plus vraiment d'amour. Ses papiers n'étaient pas en règle, il a travaillé au noir. La police a interrogé Nadia. Ils n'ont pas voulu la croire. Il a été en préventive durant quelques jours. Elle a dit à son avocat :

Ils n'ont aucune preuve contre lui ! Il n'est en rien responsable de ce qui s'est passé !

Son défenseur a simplement répondu :

Il nie avoir possédé ce pistolet, tout joue contre vous ! Antoine, vous l'aimiez, il vous a quittée, vous n'avez pas supporté, c'est un crime passionnel !

L'arme, ce n'était pas pour le tuer, je devais la remettre à un Turc !

Je vous crois, mais le Tribunal ne vous croira peut-être pas. Les juges sont logiques et même si la logique n'est pas la vérité, elle sera déterminante pour le jugement, et ce Turc on ne l'a jamais retrouvé et l'Albanais a affirmé qu'il ne le connaissait pas…

… son avocat, c'est Marius W., celui de son divorce. Elle l'a choisi parce qu'il l'avait mal défendue à l'époque. Elle est persuadée qu'il fera tout pour se rattraper. Il se doit de gagner haut la main. Comme nos convictions ne sont pas toujours suffisantes, elle a appris avec soulagement qu'il était bon pénaliste. Il a obtenu plusieurs acquittements dans des affaires difficiles. Il a bonne réputation, jouit de l'estime de ses confrères et de la considération des magistrats. Il vient la voir à la prison chaque semaine. Il doit approcher la quarantaine mais fait plus. Il y a des gens qui vieillissent vite en peu d'années, même s'ils sont heureux. Lors de sa première visite, elle lui a demandé l'adresse de la veuve d'Antoine et celle de sa mère.

Vous ne pouvez écrire qu'à sa mère… Antoine n'était pas marié… je viens de l'apprendre… il y avait un autre Antoine à l'ambassade… la secrétaire avec laquelle vous aviez parlé a fait une confusion…

Pendant une semaine, elle n'a plus dormi. Elle se disait tout le temps : j'ai tué l'amour de ma vie !

Le médecin de la prison lui a donné des tranquillisants et des somnifères. Elle ne les a pas pris. Elle a écrit une lettre de demande de pardon à la mère d'Antoine qui ne lui a jamais répondu.

Son silence est une réponse, lui a dit son avocat, et elle ne s'est pas constitué plaignante, elle l'aimait son fils. Il lui a posé la main sur l'épaule et s'est rapproché d'elle, la regardant bien dans les yeux. Elle lui a demandé de pouvoir l'appeler par son prénom. Maître ou Monsieur, elle trouvait que ça mettait une distance.

Vous pouvez aussi me dire Nadia ! N'est-ce pas que je serai bientôt libre… revoir mon fils… Malika… maman… n'est-ce pas que la liberté c'est d'aller à la rencontre de quelque chose de beau… et pourquoi cette expertise psychiatrique ordonnée par le juge d'instruction, je ne suis pas folle, j'étais parfaitement lucide, l'énervement, la passion, nous rendent parfois plus lucides, non ?…

Il regardait souvent ses jambes…

… Mona lui a écrit. C'est une lettre en italien. Il y a plusieurs mots qu'elle n'a pas compris. Elle a tenu longtemps la feuille dans ses mains, sentant une odeur de parfum. Elle l'a posée sur son visage. C'est le parfum préféré de Mona, un petit luxe invisible ayant pénétré dans sa cellule…

Les semaines passent plus vite que les jours et les mois plus vite que les semaines. Seules les journées sont longues, les dimanches plus que les autres. Peu aiment le dimanche. Les prisonniers et les gens en liberté sont égaux, ou presque, devant le dimanche. Peu aussi aiment le lundi. Pendant deux jours, même en prison, on a pris l'habitude de vivre à un rythme plus tranquille. On s'habitue vite. Le mardi a quelque chose d'insignifiant. C'est le jour le plus fade, de faibles couleurs sur son pourtour. A partir de mercredi il y a comme une lumière qui commence à s'étendre et qui s'élève jusqu'à samedi, cessant de croître vers midi le dimanche.

Il lui semble que tout progresse, que tout a un destin.

Chaque nuit, avant de s'endormir, elle pense à son petit bonhomme. Elle lui parle. Parfois, elle se dit : je l'ai réveillé. Elle espère qu'il va se rendormir vite. Si elle ne peut pas dormir, elle se lève et va à la fenêtre regarder les étoiles…

L'automne approche. Elle n'a pas vu l'été. Son travail aux cuisines terminé, elle regarde la télé ou lit des magazines. Il y a une bibliothèque. Tania y va souvent. Elle fait des progrès étonnants en français et écrit des poèmes.

Tout le monde écrit. Des livres, il y en a assez jusqu'à la fin du monde, on n'a même plus le temps de lire tout ce qui a été écrit, pourquoi en rajouter ?

Tania lui récite parfois des poèmes en français, appris par cœur, dit-elle.

Pourquoi par cœur ? Tu les connais, c'est dans ta tête, pas dans ton cœur… si j'étais condamnée à une lourde peine, moi qui n'ai jamais voulu faire d'études, j'étudierais le droit… à ma sortie de prison je me battrais pour devenir avocate.

Mais tu es innocente Nadia, tu seras acquittée !

Acquittée ?… une condamnation pourrait faire de moi une avocate et un acquittement la meilleure maman au monde !… on ne perd jamais sur tous les tableaux.

D'où vient cette expression ? lui a demandé Tania.

Je ne sais pas, on vit avec beaucoup de choses qu'on ignore… depuis que je suis toute petite je me demande pourquoi la Terre n'est pas illuminée, la nuit, avec tant d'étoiles… des milliards d'étoiles… tu sais, je t'aime bien…

La date du procès a été fixée au 9 septembre. Elle sera jugée pour meurtre. Un an jour pour jour après la mort de papa et la rencontre avec Antoine.

C'est du pur hasard, comme votre rencontre avec Antoine, lui a dit Marius.

Il n'y a pas de hasard, mais des puissances secrètes qui agissent. Le 9, vraiment ?

Oui, et c'est allé très vite. La plupart du temps les prévenus attendent de longs mois avant d'être jugés…

Vous voyez, il y a des puissances secrètes.

Vous avez confiance en moi ?

Bien sûr Maître !

Sans s'en rendre compte, elle l'a appelé comme au tout début.

Si le Tribunal n'était pas convaincu de votre innocence, il devra retenir le meurtre par passion, et je décrocherai le sursis.

Tout meurtre n'est-il pas commis par passion, sinon on ne tuerait jamais ?

Oui, mais il y a des passions qui ne sont pas excusables, alors on parle de meurtre, d'assassinat.

Et si j'étais condamnée ?

On peut recourir, mais la plupart des recours sont rejetés. Il est très important de gagner de suite. Je traite chacun de mes dossiers comme si les voies de recours n'existaient pas… l'accusation sera soutenue par une femme… je la connais un peu… un jour elle m'a dit : j'ai choisi le droit pour défendre le faible, et aujourd'hui, le faible, c'est l'État. Elle défend la société.

Y a-t-il encore une société ? s'est-elle exclamée.

Il l'a regardée puis s'est levé. Il semblait tout à coup pressé. Il lui a laissé des copies du dossier. Il a traversé le long couloir de la prison. Elle a relu ses dépositions. Au bout de quelques minutes, il lui semblait qu'il ne s'agissait plus d'elle. Elle se disait : comment a-t-elle pu en arriver là ? Elle avait de la sympathie pour la prévenue, la savait bonne maman, elle aurait voulu l'aider, être son avocate.

La pauvre, elle n'a pas eu de chance, et la chance c'est les autres qui arrivent au bon moment dans notre vie et qui nous aiment assez pour vouloir notre bien, tout est question d'amour.

La nuit qui a précédé son procès, elle a bien dormi. Les grands soucis perturbent moins que les petits. On ne peut rien faire contre. Pour de petites choses, on se chamaille, on se quitte. C'est du petit dont il faut se méfier. C'est souvent le petit qui est nuisible. Si le diable existe, il doit être tout petit. C'est pour ça qu'on ne le voit pas.

Elle se sentait fraîche comme une rose. Elle a déjeuné avec Tania qui lui a dit : je te tiens les pouces.

Elle a fait de gros progrès en français.

Nadia a pensé à ses juges, au procureur. Elle imaginait les visages des membres du Tribunal l'observant, l'interrogeant, comme à un examen. Quand elle les passait, papa lui conseillait de toujours regarder les examinateurs comme s'ils étaient sur le pot. Et elle avait moins peur. Elle savait que Marius la défendrait bec et ongles. Puis ils sont venus la chercher avec une fourgonnette.

Il faisait beau. La campagne était rose. Il y avait peu de circulation. C'était comme un dimanche matin. Durant tout le trajet, elle a pensé : et si j'avais vraiment voulu tuer Antoine mais que cette volonté ait été si brève que ma mémoire n'ait pu la retenir ? Tout joue contre moi. Je les vois m'accuser de sauvagerie, la seule balle tirée a fait éclater sa verge et ses testicules, destruction d'un homme et du lieu de survie de l'humanité, c'est impardonnable, car le sexe est le centre du monde, et le monde privé de son centre ne peut aller qu'à sa fin. Dans ce monde du corps, ils ne me manqueront pas et me condamneront avec la haine de l'humanité menacée dans sa survie. Je suis musulmane, sans foi, et pute sans remords. J'ai été longtemps chômeuse. Dans ce pays qui valorise le travail et l'argent, on n'est rien sans travail. Et même si je croyais à l'existence de Dieu, je ne le leur dirais pas. Je sais qu'ils s'en ficheraient royalement. Ceux qui disent qu'ils sont croyants ne croient pas vraiment, c'est avant tout sécurisant. Leur dire que je crois, ce serait pour eux un aveu d'allégeance, le signe d'une soumission aux lois, car ce qui les intéresse ce n'est pas la foi, et encore moins la charité, l'amour n'est pas aimé, ce qui les intéresse, c'est la soumission, c'est l'obéissance. Je n'accueillerai pas ma condamnation avec des cris de haine, mais silencieusement, et je me dirai que c'est peut-être une grande chance dans mon malheur.

J'aurai le temps d'étudier pour devenir avocate et mon fils sera fier de moi, ce sera ma vengeance devant la dureté de leurs cœurs…

Murs vert olive. Aucun tableau. Pourquoi les salles des Tribunaux apparaissent-elles comme dressées contre la beauté, la tendresse, l'amour ?

L'accusatrice était déjà là, petites lèvres rouges, visage impassible.

Dans le public assis à l'arrière comme s'il avait peur d'être jugé, une jeune femme. Nadia l'a aperçue quelques fois en ville. Cheveux courts, traits réguliers, point de maquillage et de petites lunettes rondes. Légèrement maquillée, avec quelques kilos de plus, elle aurait été fort jolie. Nadia l'a regardée. La femme l'a reconnue et lui a souri. Si, la dernière fois qu'elle l'avait vue, elle avait pu pressentir ce qui arriverait, elle lui aurait parlé : vous êtes ravissante, mais vous pouvez être encore mieux, je peux vous aider, je suis esthéticienne.

Une sonnette a retenti.

Sont entrés le président, les quatre juges et le greffier qui a refermé la porte sans bruit. Le président a demandé s'il y avait des témoins dans la salle. Il avait des cheveux tout blancs, bien coupés, des yeux clairs et était bronzé. Il devait rentrer de vacances. Dans sa robe noire à deux bandes d'hermine blanche, il était beau.

Parmi les juges, une femme au teint pâle qui portait un foulard. Les membres du Tribunal donnaient l'impression de s'ignorer au point qu'elle se demandait s'ils étaient conscients d'avoir quelqu'un à côté d'eux. Ils étaient tels des voyageurs dans une salle d'attente où l'on ne se parle pas. Ils semblaient n'attendre qu'une chose : pouvoir quitter ce lieu dès que le train de chacun d'eux serait là. On attend toujours quelque chose ou quelqu'un.

Le président a commencé son interrogatoire. Elle lui a demandé d'être autorisée à s'asseoir à côté de son avocat. Marius a regardé les juges. Il a souri. Elle s'est sentie trahie. Elle a aussi remarqué que l'accusatrice venait de sourire à Marius.

Il a glissé à son oreille :

C'est la procédure, ne vous mettez pas à dos le Tribunal, je crois que le président a de la sympathie pour vous.

La femme de l'accusation s'est exclamée :

Je m'oppose à ce caprice.

Elle avait une voix mâle. Nadia est restée à sa place.

Excusez-moi !

Puis le président a mis ses lunettes. Il parlait doucement. Il a commencé par vérifier son identité. Évidemment que c'est moi, s'est-elle dit. Il lui a demandé sa profession.

Esthéticienne.

Une belle couverture ! a lancé l'accusatrice.

Le président s'est fâché :

Ce n'est pas le moment de plaider !

Il a poursuivi l'interrogatoire. L'accusatrice avait obéi à un automatisme. C'était davantage pour sa fonction que contre Nadia dont l'interrogatoire a duré une bonne heure.

Maintenez-vous que vous deviez remettre cette arme à un homme prétendument Turc ?

Oui.

On ne l'a pas retrouvé, et votre amie Pauline dit n'en avoir jamais entendu parler!

Je suis arrivée en retard! Il n'était plus là.

Elle a senti que personne ne la croyait. Une femme amoureuse n'arrive pas en retard surtout si elle n'a plus revu son amant depuis des semaines.

Nadia voulait crier à tous : je n'ai jamais voulu le tuer, je vous le jure sur la tête de mon fils.

Elle l'aurait fait si elle avait eu la conviction qu'elle pourrait le dire à tous en même temps, avec le même regard intense porté sur chacun de ses juges. Mais on ne peut regarder vraiment qu'une personne à la fois, comme si toute relation humaine n'était possible qu'entre deux personnes, ainsi dans l'amour, ainsi dans la haine. Celui qui se sait regardé avec moins d'intensité que celui à côté se sent moins important et parfois se venge…

… et Malika est apparue toute jeune dans sa petite robe blanche, comme pour une sortie un dimanche après-midi à Tanger, une promenade en famille près du port, il y a plus de quinze ans. Cependant c'était très proche, qu'est-ce que quinze ans finalement? Elle, toute jeune donc, à quelques mètres de Nadia qui voulait se lever pour lui prendre la main : petite sœur chérie, n'aie pas peur, dis seulement ce que tu sais de moi, ils ne vont pas te manger, petite sœur chérie je t'aime. Malika a répondu :

C'est ma sœur, la meilleure de nous trois, elle a toujours beaucoup aimé nos parents, elle a beaucoup souffert à la mort de papa, et c'est une si bonne maman… je suis certaine qu'elle n'a pas voulu tuer Antoine, elle l'aimait.

Le président lui a demandé de parler plus fort. Elle a pris la remarque pour un reproche. Elle a regardé Nadia. Elle ne savait plus que dire. Le président lui a rappelé qu'elle devait s'adresser au Tribunal.

Elle a répété :

Elle n'a pas voulu tuer Antoine, elle l'aimait.

L'accusatrice s'est exclamée :

Vous affirmez qu'elle était la meilleure de vous trois et qu'elle a beaucoup aimé ses parents, mais n'a-t-elle pas quitté toute sa famille à vingt ans ?

Oui, pour aller suivre une école d'esthéticienne à Paris chez notre tante. Elle est sortie première à l'examen du diplôme.

Elle a menti, elle était troisième.

Et l'accusatrice a répliqué :

Il n'était pas nécessaire d'aller jusqu'à Paris pour ça !

Notre tante y habitait, Nadia voulait changer d'air, voir autre chose.

Et Marius a lancé :

Qui n'a pas eu de telles envies à vingt ans ?

Combien de temps est-elle restée à Paris ? a demandé le président.

Trois ans, je crois.

Pendant ces trois années, est-elle venue revoir sa famille à Tanger ? a-t-il ajouté.

Elle téléphonait souvent.

Écrivait-elle aussi, se souciait-elle de vous ?

Malika a de nouveau regardé Nadia. Très jeune, elle avait écrit des lettres d'amour. Mais ça avait fait fuir Karim. Une amie lui avait alors donné ce conseil : écris le moins possible, mais embrasse le plus possible, les lettres d'amour, c'est pour les grandes personnes.

Aujourd'hui, on n'écrit plus, mais on aime toujours! a lancé Marius, la prévenue n'a jamais écrit à Antoine qu'elle a cependant aimé passionnément!

L'accusatrice s'est levée.

Son cou s'est tendu et est apparu plus long que nature, sans doute à cause du col noir de sa robe qui était coupé net et formait un cercle assez bas au niveau de sa gorge surmontée d'une petite tête dominant une robe trop grande.

C'est vous qui le dites!

Non, c'est le dossier qui parle! Pas trace d'une seule lettre, ma cliente était très éprise de la victime, mais c'est une femme directe, elle lui téléphonait souvent, ils se voyaient, écrire n'est pas son genre... et une lettre d'amour n'est jamais une preuve d'amour!

... il y avait du soleil sur la table des juges lorsque le président a appelé Léo. Dans la salle, une voix s'est élevée : c'est moi.

Depuis quand êtes-vous là?

Plus d'une heure!

Vous avez donc entendu la déposition de l'accusée et du témoin?

Oui, en partie.

Pourquoi n'êtes-vous pas allé à la salle des témoins?

Personne ne m'a dit d'y aller. J'ai reçu une convocation. Il n'y a que le lieu et l'heure de ma comparution qui y sont indiqués. Je suis venu en avance, je voulais voir comment ça se passait.

Vous n'étiez donc pas encore ici quand j'ai demandé s'il y avait des témoins ?

Non.

Ce témoin n'est plus crédible, a dit l'accusatrice, il a tout entendu.

Se tournant vers Marius, elle lui a lancé :

Maître, j'imagine que vous renoncez à ce témoignage.

Aucunement !

Le président, après avoir pris l'avis des juges, a décidé de l'entendre.

Léo était souriant, détendu. Sa présence chaleureuse rompait avec les minutes qui avaient précédé. Un instant Nadia a même oublié qu'elle était au Tribunal.

Parfois, on oublie où on est réellement, mais on n'oublie jamais qui on est, comme si notre être surpassait le lieu où il se trouve ainsi que le temps.

Léo avait mis un costume gris perle, en lin, égayé d'une pochette rose et le col de sa chemise était ouvert. Ses mocassins semblaient neufs mais peut-être parce qu'ils étaient blancs. Il s'est assis et a croisé les bras, les manches de sa veste remontant alors légèrement et elle a remarqué sa montre-bracelet en or.

Elle n'a pas eu de chance, elle a tout fait pour sauver son institut, les clients l'aimaient bien.

Il a ajouté, levant les yeux vers le plafond où était suspendue une lampe sans style :

Elle n'a certainement pas voulu le tuer, ça doit être un accident, oui un accident !

L'accusatrice lui a demandé :

Était-elle amoureuse de la victime ?

Il a hésité un instant.

Nadia était discrète, elle ne se confiait pas beaucoup

à moi, on parlait surtout de ses problèmes financiers...

Mais quand on est amoureux ça se voit, ça se sait! s'est-elle exclamée.

C'est difficile de répondre à une telle question, peut-être qu'elle l'était... Nadia est toujours gaie, spontanée, vive, en tout cas c'est toujours comme ça que je l'ai connue, elle a beaucoup d'énergie, on la regrette au salon...

On peut aimer, sans être amoureux! a lancé Marius...

... A midi passé, les auditions étaient terminées. Elle a demandé au président à pouvoir déjeuner avec Marius. Elle lui a donné sa parole qu'elle ne fuirait pas. Il s'est tourné vers l'accusatrice.

Je ne m'y oppose pas.

Le président a déclaré :

Compte tenu de la peine encourue, des risques de fuite, votre requête est rejetée. Je rappelle que l'audience reprendra à quatorze heures pour le réquisitoire et la plaidoirie...

... Les délibérations du Tribunal ont été courtes et l'exposé oral du verdict n'a duré que quelques minutes.

Nadia B., en tirant sur la victime vous avez accepté sa mort pour le cas où elle se produirait. Vous avez commis un meurtre intentionnel. Le Tribunal vous condamne à six ans de réclusion. Vous avez dix jours pour interjeter appel auprès de la Cour cantonale. La cause est entendue. L'audience est levée.

Malika a éclaté en sanglots. Le président paraissait ému.

L'accusatrice avait demandé huit ans.

Pourquoi pas dix, ou douze, pendant qu'ils y sont. Ils n'ont rien compris ! Parler, accuser, défendre, juger, c'est répéter des mots, des phrases, des gestes, empruntés à d'autres, venant des autres, et peut-être bien que c'est déjà dans les gênes qui se transmettent. On n'est jamais totalement soi-même.

Marius a immédiatement déclaré qu'il déposait un recours. Puis elle est sortie avec les gendarmes.

Qu'est-ce que je fiche ici à attendre le fourgon cellulaire, c'est inutile, j'ai d'autres choses à faire, mon petit bonhomme m'attend pour que je lui prépare le souper.

C'était la fin de l'après-midi. Elle a levé la tête et s'est souvenue que l'an passé, le même jour, il faisait beau aussi.

Anouar a beaucoup grandi ces derniers mois. Il devra porter des lunettes.

C'est payé par l'assurance, lui a dit Malika, et son père s'occupe bien de lui, c'est un bon père Omar, mais c'est un timide, il n'est plus avec son ex, oui sa première femme, il est venu habiter Lausanne, le petit a repris l'école ici.

La même école ?

Oui.

A-t-il une nouvelle femme dans sa vie ?

… il n'a jamais été très bavard.

Et toi tu as quelqu'un ?

… je ne suis pas encore divorcée, ça traîne, j'aimerais en finir.

Mais ce Marocain ?

Je n'ai pas envie d'en parler ici.

Tu couches avec lui ?

Elle n'a pas répondu.

… tu as des nouvelles de Pauline ?

Je ne l'ai plus revue, il paraît qu'elle est très malade… et maman se fait beaucoup de souci pour toi… mais elle a compris bien des choses depuis que papa est mort, elle est devenue plus lucide… papa, ce n'était vraiment pas un saint… elle a trouvé des photos… tu te souviens de cette femme… ce foulard que tu avais brûlé… elle aurait été sa maîtresse durant des années…

… Le recours de Nadia a été admis. Elle a été condamnée à trente jours d'emprisonnement avec sursis pour homicide par négligence. Elle est libre.

C'est Marius qui est venu le lui dire à la prison, avec Malika. Elle l'a embrassé. Elle voulait aussi embrasser les juges qui l'ont libérée. Ils ont retenu la petite phrase plaidée par Marius : n'avance plus ou je tire. Elle n'a jamais dit : n'avance plus ou je te tue.

Il l'a toutefois avertie :

L'accusation peut recourir.

A-t-elle des chances ?

Très peu.

Malika a embrassé sa sœur.

Maintenant que vas-tu faire ?

Quelle question ! Je veux récupérer la garde sur Anouar, et Marius, n'est-ce pas Marius ? a promis qu'il me trouvera un travail, tu comprends, il me faut un emploi stable.

Mais Anouar, il s'est habitué à sa nouvelle vie, tu ne penses pas qu'il vaudrait mieux le laisser avec son papa ? Omar sera certainement d'accord que tu le voies souvent.

Nadia s'est fâchée.

Es-tu ma sœur, oui ou non ?

Ne te mets pas dans un état pareil ! On en reparlera.

On n'en reparlera pas, c'est tout dit, mon petit bonhomme il sera avec moi et vite !

Avant de quitter la prison, elle a téléphoné à maman qui voulait venir tout de suite. Elle lui a parlé du recours possible de l'accusatrice. Il fallait patienter dix jours. Dix jours c'était comme dix ans. Maman lui a dit : tu verras, il n'y aura pas de recours, papa veille sur toi.

Et elle est allée embrasser Tania qui a pleuré.

Puis tous les trois se sont rendus à son appartement. Ses deux sœurs avaient continué de payer la location pendant sa détention.

Nous savions que tu étais innocente, lui a dit Malika, et c'est vraiment un loyer bon marché… c'est surtout Fatima.

Avant d'ouvrir sa porte, elle a regardé celle de Pauline. Il y avait un autre nom. Elle a sonné. Personne.

Puis elle est entrée dans son appartement.

Il lui semblait vide sans son petit bonhomme.

Les stores avaient été levés.

Je suis venue ce matin, a dit Malika, je voulais que tu le retrouves comme tu l'avais quitté.

Nadia s'est tournée vers elle :

Tu dois la connaître l'adresse d'Omar ?

Non, je ne la connais pas.

Comment ça ?

Nous avons fait quelques promenades ensemble avec Anouar mais on se quittait toujours en ville… je dois retourner à mon travail.

Moi aussi, a dit Marius.

Il a sorti son portefeuille et a remis deux billets de mille francs à Nadia.

C'est de quelqu'un qui vous veut du bien, une femme qui souhaite garder l'anonymat, elle m'a demandé de vous remettre cet argent dès votre libération.

Cette femme, a-t-elle des cheveux courts et de petites lunettes ?

Oui, mais je n'en dirai pas plus.

Elle s'est souvenue de celle qui était au procès.

Et ils sont partis et elle est restée seule.

Dans la chambre d'Anouar, il y avait des jouets comme s'il était là. Elle les a rangés et est allée à la salle de bains. Elle voulait se faire belle, mettre ses plus beaux habits, sortir.

Ensuite elle est montée au premier pour prendre des nouvelles de Pauline chez la concierge. Elle lui a ouvert et semblait surprise de la revoir.

Elle a déménagé il y a un mois, je ne sais pas où, elle est très malade, vous ne le saviez pas ? Vous allez rester dans l'immeuble ?

Bien sûr… Pauline, c'était ma meilleure amie.

A surgi du fond du corridor une petite fille.

Mais c'est Sarah ! Pourquoi ne m'avez-vous pas dit que…

Elle est en pension chez moi… sa mère est à l'hôpital, mais elle va bientôt rentrer… n'est-ce pas ma chérie… excusez-moi, je dois vous laisser, j'ai du travail.

Nadia a embrassé Sarah qui a à peine réagi comme si elle ne l'avait pas reconnue. Puis la concierge a fermé la porte.

Il y avait une odeur de biscuits de Noël dans les escaliers.

Le soir, elle a regardé le ciel. Il lui paraissait plus petit que de sa cellule. Il finissait déjà sur les toits des immeubles. Puis elle s'est couchée sur son lit, tout habillée. Elle a fermé les yeux. Une joie montait en elle et elle se disait qu'une joie profonde veut toujours être partagée. Elle se demandait pourquoi Malika ne semblait pas davantage heureuse de sa libération.

Alors elle est sortie téléphoner dans une cabine. Un répondeur automatique indiquait qu'elle pouvait laisser un message. Sans rien dire, elle a raccroché. Son petit bonhomme devait dormir depuis un bon moment déjà. Elle est descendue en ville. Il a commencé à neiger.

En revoyant les maisons, les magasins, les cafés, les rues, la place Saint-François, le bâtiment où se trouve le salon de Léo, elle se disait qu'elle en avait été éloignée longtemps.

Mais cette sensation aurait certainement été la même si son absence avait été plus courte. C'est dans les premiers jours que les choses se transforment vite pour ensuite ne presque plus se modifier.

Elle s'est promenée dans les rues, observant les flocons qui tombaient lentement, regardant les vitrines et les passants, hésitant à descendre à Ouchy, n'y allant pas.

A une heure du matin, elle est rentrée en taxi. Il ne neigeait plus. Elle voyait les étoiles…

Le lendemain, elle a été réveillée tôt. Elle était fatiguée et le facteur a sonné longtemps. Il lui a remis un exprès provenant de Marius. Un recours avait été déposé. Il la convoquait pour trois heures. Le matin, elle n'est pas sortie de chez elle. Il neigeait. Elle a fait de l'ordre. Quand elle a quitté son appartement, il neigeait toujours et elle s'est rendue à une cabine pour appeler Malika. Il y avait toujours le répondeur. Elle a pris le trolley et est allée à la boutique. La patronne de Malika était là.

Vous ne saviez pas qu'elle ne travaille plus que le matin ?

Nadia n'est pas restée, disant, en sortant :

La mode est belle cette année !

Lorsqu'elle est arrivée chez Marius, sa secrétaire lui a demandé de patienter. Il était avec un client. Elle a regardé la neige tomber sur la ville qui devenait une autre ville. Sitôt entré dans la salle d'attente, il a lancé :

On s'en sortira ! Mais par prudence, je vous conseille de quitter le pays. Allez à Tanger, en cas de rejet du recours de l'accusatrice, vous pourrez revenir sans problème.

Et mon fils ? Jamais je ne partirai sans lui, je préfère mille fois le voir ne serait-ce qu'un jour par mois en prison que plus jamais. Mais où est-il donc ?

Je n'ai pas encore retrouvé la nouvelle adresse du père, mais ça ne saurait tarder. Vous le reverrez votre enfant.

Vous ne comprenez pas, Marius, je ne veux pas seulement le revoir, je veux le reprendre, je veux qu'il soit ce soir avec moi, le mettre au lit, lui raconter une histoire avant de s'endormir, lui préparer ses tartines demain matin, l'amener à l'école, aller le rechercher à cinq heures, comme avant !

Avec la meilleure volonté du monde, ce n'est pas possible maintenant... il a provisoirement été attribué à son père, il faut une nouvelle décision du juge pour vous le rendre et la procédure pénale n'est pas terminée.

Alors j'irai le chercher à l'école... il va toujours dans la même ?

Ne faites pas de bêtises, vous pourriez vous en mordre les doigts. Et l'enlèvement d'un enfant, c'est un délit pénal !

Elle n'a rien ajouté. Marius s'est levé et lui a répété :

Ne faites pas de bêtises, faites-moi confiance… vous verrez, le recours sera rejeté et votre enfant vous sera rendu.

Elle l'a regardé.

Dans le pire des cas, il me restera le recours en grâce auprès du parlement cantonal, non ?

Comment le savez-vous ?

Je l'ai lu en détention.

Mais…

Mais ?

Plus aucun recours en grâce n'a été admis depuis des années.

Et pourquoi ?

C'est la faiblesse de la séparation des pouvoirs, les parlementaires n'aiment pas se substituer au juge. Ils ne le font qu'exceptionnellement.

Ne suis-je pas une exception ?

Nous sommes tous des exceptions. Nous gagnerons, le recours sera rejeté, j'en suis convaincu.

Qu'est-ce qui vous permet de l'être ?

Je suis convaincu que nous gagnerons parce que je suis convaincu de votre innocence !

Puis elle est rentrée. Elle n'a pas remarqué que la neige commençait à fondre. Elle avait peur. Elle imaginait admis le recours de l'accusatrice et rejetée la demande en grâce. Les huit années demandées par l'accusation. Que la justice soit maternelle, se disait-elle, qu'elle aime, éduque, ne condamne pas, qu'on lui retire le bandeau noir sur ses yeux et la balance depuis longtemps déréglée par l'usure. N'est-elle pas une mère elle aussi ?

Et elle s'est souvenue : quittez le pays au plus vite !

Dans une heure, l'école sera finie. Elle retrouvera son petit bonhomme, l'amènera à la maison, fera les valises, et ce soir ils seront à Tanger chez maman. Elle a l'argent pour le voyage. Grâce à cette femme à laquelle elle n'a jamais parlé.

Arrivée à l'école, elle a vu un enfant sortir, puis deux, puis tous. Ils couraient. Très vite il n'y a plus eu d'enfants et elle s'est rendue dans le bâtiment.

Je suis la marraine d'Anouar, où habite-t-il ? Je veux lui faire une surprise...

Il n'a pas classe cet après-midi... le bâtiment rose, là-bas, mais il me semble vous avoir déjà rencontrée.

Non, vous devez faire erreur.

J'étais pourtant sûre que oui.

Elle est repartie.

Dans le locatif, elle a cherché le nom sur les boîtes aux lettres. C'était au rez-de-chaussée. Elle s'est approchée lentement de la porte et a posé l'oreille contre. Elle entendait parler. Un film à la télé ? Elle a sonné. Craignant Omar, elle s'est éloignée pour aller se cacher sous l'escalier.

Quelqu'un a ouvert : qui a sonné ?

Nadia a immédiatement reconnu la voix de Malika qui a ensuite refermé. Elle est allée sonner à nouveau, restant devant la porte.

Sa sœur a rouvert : toi ici !

Nadia s'est précipitée sur son petit bonhomme qui

jouait au salon. La télé était allumée. Malika était pieds nus et a dit à Anouar :

Chéri, va dans ta chambre, je dois parler avec ta maman.

Nadia a essayé de le retenir. Le petit a hésité. Plusieurs fois, il a crié maman. Elle l'a serré contre elle, l'a accompagné jusqu'à sa chambre :

Je viens tout de suite mon chéri.

Il s'est couché sur le sol et a saisi un camion en faisant vrrr… vrrr… vrrr. Il se détournait tout le temps pour la regarder.

J'ai fait tout ça pour lui, a lancé Malika, tu comprends, il lui fallait une mère, tu sais que je me suis toujours bien entendue avec Omar, maintenant je suis divorcée, nous voulons rester ensemble avec le petit, mais tu pourras le voir aussi souvent que tu le désires, il est très attaché à nous, nous sommes ses parents, il ne pourrait plus vivre avec toi, c'est beau le retour à la vie libre, non ?

Beau ? Je te déteste !

Nadia s'est jetée sur elle, la giflant, la tirant par les cheveux, lui criant : traîtresse, salope, monstre, jamais tu n'auras mon enfant, jamais !

Tu es devenue complètement folle, arrête !

Anouar est sorti de sa chambre, essayant de les séparer, Nadia glissant sur le tapis et se tapant la tête contre l'armoire du salon. Elle saignait à la tempe. Sa sœur est allée chercher un peu d'ouate, de l'alcool, et un pansement que Nadia a posé elle-même. Elle avait très mal à la tête.

Maintenant va-t'en, sinon j'appelle la police, s'est exclamée Malika, si tu aimes vraiment ton fils, laisse-nous tranquilles, veux-tu tout perdre et ne jamais le revoir ?

Alors elle est sortie de la maison. Elle était toute pâle,

se disant : ce n'est pas vrai, c'est un cauchemar, je vais me réveiller, il fait grand beau, le ciel est tout bleu, plus bleu que les autres jours, je me réjouis de revoir mon petit bonhomme ce soir, il est déjà à Tanger, il faut que je me dépêche.

Devant elle, les Alpes blanches, la plaine verte, le lac. Elle ne les voyait plus.

On s'habitue à tout, et s'habituer c'est voir de moins en moins.

Elle avait toujours mal à la tête et s'est arrêtée dans un café. Ensuite elle a téléphoné à l'aéroport pour réserver un billet. Elle est rentrée chez elle et a fait ses bagages. Avant de partir, elle est montée au premier.

Au revoir Pauline, je t'écrirai, embrasse bien fort Sarah de ma part.

La concierge était tout étonnée et a seulement dit :

Pauline est morte…

Et elle est redescendue en sautillant telle une fillette. Elle chantait dans l'escalier.

La concierge s'est exclamée :

C'est une honte… et dire que des gens comme ça sont en liberté! Elle est belle la justice de ce pays!

Elle a sorti ses bagages : deux valises et un baluchon. Le taxi est arrivé. Elle a oublié une des deux valises dans le corridor et de fermer à clé la porte. Le chauffeur a mis la valise dans le coffre.

C'était presque sept heures. Il y avait beaucoup de circulation. La voiture est passée devant un chantier. Elle a regardé les fumées des tuyaux d'échappement et a dit :

C'est joli, ces petits nuages, mais mauvais pour les enfants, moi j'espère que les miens connaîtront des villes sans voiture.

Le chauffeur a répliqué :

Alors ils seront pauvres car sans pollution il n'y a pas de commerce, la pollution, c'est quand les affaires marchent.

Il la regardait souvent dans son rétroviseur.

Elle a posé sa main contre sa tempe blessée.

Il s'est dit qu'elle devait être un peu droguée.

Ils sont arrivés à la gare et elle lui a remis un billet de cent francs.

Gardez tout… c'est un faux, ne saviez-vous pas que tous les billets sont des faux ?

Elle a ri et lui a demandé d'où il venait.

D'Afghanistan. Et vous, où allez-vous ?

Mais en Afghanistan !

Cette femme ne va vraiment pas bien, je devrais appeler la police, a-t-il pensé.

Il ne faut pas croire tout ce qu'on vous raconte… les gens disent n'importe quoi… je rentre chez moi au Maroc.

Il s'est dit : ce n'est pas mon problème.

Il lui a rendu sa monnaie et a oublié de lui remettre sa valise restée dans le coffre.

Elle est montée dans le wagon avec son baluchon. Elle se réjouissait de revoir papa.

Pourquoi ne m'as-tu plus donné de nouvelles depuis que je suis morte ?

Et le train est parti.

Ouchy, Hôtel d'Angleterre, 2000

Achevé d'imprimer en septembre 2001
sur les presses de la Nouvelle Imprimerie Laballery
58500 Clamecy
Dépôt légal : septembre 2001
Numéro d'impression : 109088

Imprimé en France